十二星座女孩
励志言情小说系列

时光和爱，会把我们变成更好的人

我是天秤座女孩

安锦笙 著

I AM

A

LIBRA GIRL

Time and love make us better

北京联合出版公司
Beijing United Publishing Co.,Ltd.

Part 1

1.

北市陷入冬季的寒冷和萧条中无法醒来，这种仿佛流沙缓慢散落的寒流，让人萌生一种万物凝结、光阴静止的错觉，连呼吸和心跳都变得宁静而沉缓。

然而这种宁静很快被两米开外几个聒噪的女生打破。夏栀明亮如同水晶般的眼睛，顺着女生们的视线，看向穿过走廊的沈欧。

沈欧，这个名字永远与"S大第一男神""学霸""天星集团继承人"紧紧相靠，如他粘贴在肌肤上的无法撕扯的标签。

他是S大里最耀眼的一颗星辰，几乎所有女生都沉浸在以他为主角的浪漫爱情剧时，夏栀见到他，脑海里只会蹦出两个字，劲敌。

上天就是这么不公平，难道人生不是应该关上一扇门之后才会打开一扇窗吗？可偏偏沈欧拥有铂金大门的同时，却还要为他开一扇钻石天窗——英俊的外表下，是聪明非凡的头脑。

以至于系成绩排名上，夏栀永远排在如同史诗刻碑一样无法撼动的第二名，她的名字仿佛"一人之下，万人之上"，永远都是沈欧这个第一"皇帝"之下的"辅佐大臣"。

夏栀一直都靠奖学金的支援上这所著名的S大，自然希望能得到更多的奖学金。但是由于名次的差距，每每见到沈欧的名字，宛如宏伟山川一样万年不动地排在第一的时候，她每次进考场的时候，都希望沈欧因事缺席，毕竟这笔奖学金对于沈欧来说，是微不足道的。

可惜事与愿违，即使沈欧是半工半读的状态——帮助他父亲打理集团，偶尔才会来上课，但每场考试他都雷打不动地按时参加。

夏栀有时会想，干脆直接去找他，并动之以情地告诉他，她是多么需要这笔奖学金，以此让他成全自己。

但这样只怕会惹来沈欧的嘲笑，她似乎能够想象到沈欧沉冷的面色，如同这寒人的冬风，对她说："自己努力超过我啊！"

而事实上，她也确实见到沈欧对第三名的学霸这样说过，而那名男生在听到这句话后，怔住两秒，似激起了他的斗志，大声喊道："我一定会超过你！"

因此夏栀的第二名险些被赶超，可沈欧的分数却依旧望尘莫及。

收回神思，夏栀发现远处长廊内的沈欧，目光犹如暗蓝星空下的水波，映射出点点光亮，正在缓缓地流向自己的方向。

因为距离的问题，水波的光泽容易被寒风吹散，星星点点散落，使得夏栀身边的几名女生不由得脸红心跳起来，像几根烧着的火柴棒燥热不安，以为男神朝她们投来渴求已久的关切目光。

夏栀的内心没有一丝波澜，她不想多逗留，转身离去。

回到女生公寓，夏栀掏出钥匙开门，见客厅里的萌萌正在跟随iPad播放的瑜伽教学，努力将宽桶式的小肥腰扭出一个柔韧的新高度。

萌萌听到声响转头，圆嘟嘟的脸蛋上挂着笑容，说："栀子你回来了，给孟季的礼物买了吗？"

"嗯，买好了。"夏栀将包装精美的礼物放在桌上，她顶着如同锋利刀片在脸上刮来刮去的寒风，在繁华的商业街上逛了许久。

萌萌又换了新姿势，难度升级，样子如同柔软的蛇，口吻里含着愤愤不平："孟季多久没来看你，你却还想着去见他，他值得你这样吗？"

夏栀轻轻一笑："以前他不是也常来看我吗？最近忙着考四级呢。"

说起来她与孟季的开始就很奇怪，明明高中毕业应该上演着怀旧小清新的离别戏码，可却是他们确定恋人关系的时候。

从此也注定演绎着两地相隔难见难分的异地恋。

萌萌是夏栀中学时代最好的闺密，以 S 大最低分数线成功挤进这座令人向往的高校，如今与夏栀同一个公寓居住。还有一个室友叫郑薇柒，是个富家千金，家中父亲挥金如土地将她砸进了 S 大。

"晚上的生日派对，你要是不去，我可是会惩罚你的。"萌萌知道关于孟季多说无益，她起身关掉瑜伽视频，拿起茶几上的纸巾擦了擦汗。

"萌萌的生日，我怎么会缺席？"夏栀身为天秤座女孩，擅长交际，在派对这种场合很懂得调节气氛，但往往为了维持氛围与平衡，在结束之后，自己反而觉得疲累，所以平时她甚少参加。

"给，生日礼物。"夏栀从包里掏出一个装点着粉色蝴蝶结的礼盒，放在萌萌手里。

"谢谢，就知道栀子最好。"萌萌高兴地欢呼，给了夏栀一个热情的拥抱。

KTV 里永远充斥着嘈杂喧闹，和乐此不疲的混浊气息，包间里男男女女们唱歌聊天儿。夏栀在学院素来拥有"优雅女学霸"的称号，虽然她很低调，但依然得到很多校友的关注，经常会有异性校友前来搭讪，她只是微笑回应，始终是清醒而疏远的。

萌萌实在看不过去，搂过夏栀的肩膀："栀子，你真是'恪守妇道'，将别的男生拒之千里之外，要我说孟季离你那么远，未来能不能在一起都难说，你何必一棵树上吊死呢？"

"我可不喜欢上吊，死相太难看。"夏栀有些渴，随手拿起面前黑色大理石桌上的白水，一口喝下去，火辣辣的感觉直穿胃部。

萌萌白了她一眼，知道自己从来都拗不过夏栀，只要是她认定的事情，两列火车都拉不回来。

不过眼下萌萌诧异地盯着夏栀手中的空杯："你什么时候开始喝白酒了？"

"我刚想问你，这里怎么会有白酒？"夏栀清透如泉的眼神渐渐变得迷离，她高估了自己对酒精的免疫，本是个沾酒就醉的人，何况是高度数的白酒。

"还不是周毅他非要带瓶白酒，结果被你误喝了。"萌萌担心地问道，"夏栀你还好吗？要不要我送你回去？"

"没事的，我现在感觉还好，今天你是主角，别扫了大家的兴致，我先回去了。"夏栀不想麻烦萌萌，她想趁着清醒时先回去。

"那怎么行，我叫人送你回去吧？"萌萌还是不放心。

"这个时间点，公寓都关门禁了，我给小姨打电话，让她来接我。"夏栀离开吵闹的包间，打算去个安静的地方打电话。

然而事情的发生却没有想象中那样简单，她的步伐还如往常一样沉稳，但大脑已经有些迟钝了，在她经过一间包厢门口时，一个身影突然打开了包厢房门。

2.

一个是天边望尘莫及的璀璨星辰，一个是雨露过后绽放的栀子花，除了成绩排名紧挨的上下位置，夏栀这辈子都不曾想过，会在此地与沈欧有所碰撞。

冥冥之中，似乎有一双玩味的大手，将两条不曾交集的平行线，互相交叠。

夏栀就这样堂而皇之地撞上了开门出来的沈欧。

眼见被一个突如其来的女生撞进自己的胸膛，沈欧诧异地退后一步，看到女孩的面容清秀，脸颊上是不自然的绯红，目光仿佛是夜空被遗忘的星辰，不知道要飘落到何处。

沈欧一眼就认出了夏栀，这个低调的女学霸，其实他注意她很久了。

夏栀眨着越来越无法聚焦的双眼，努力辨认眼前的男生，嘴角露出迷雾般的笑意，"是你？"

沈欧还在想该如何回应，下一秒钟夏栀的举动，仿佛带着磁性的魔力，将时间静止，将空气凝结，也令沈欧的身体瞬间僵硬。

是两片柔软的嘴唇，散发着气味，紧紧贴在沈欧微凉的嘴唇上。

如果说一些事情，早就排好剧本定好戏份，只等着上演的那一刻，那么这一刻到来的时候，戏里的主角是否会如设定好一样怦然心动。

而事实上，夏栀并不知道自己在做什么，她已经彻底醉了。

醒来的时候，夏栀发现自己躺在陌生的卧室里，陈设简洁，标准的单身公寓配置，唯一不相符的是她身下的双人床，暗蓝格子床单，两张单人被，身边空出来的位置上有被物体压过的折痕，和一张混合着起床气随意折叠的棉被。

夏栀的心头像是被压力锅不停地闷压，只差从鼻孔喷出热气，她努力回想着昨天发生了什么，在酒精的作用下，仅存的片段定格在她与沈欧相遇之时，后来的事情就再也记不起来。

偏偏在她思绪紊乱的当下，断断续续的流水声恰到好处地从浴室传出来，成功渲染出一种暧昧气息。

夏栀第一反应就是检查自己的衣衫，发现身上套着男性的大衬衫。虽然内衣都还在，但并不影响她的大脑炸成一朵蘑菇云。

这时候浴室的门被打开了，沈欧擦着头发，穿过客厅来至卧室，身上只挂着一条毛巾，裸露出小麦色胸肌结实健硕。

这个男人拥有极具诱惑的强力磁场，对他全无臆想的夏栀，脸颊上也难免浮现层层红云。

可惜夏栀不是肥皂剧里的只会冒粉红泡泡的女主角，理智是上天赐予的明灯，总会在她混沌之际指引通往清醒的路口。

"你对我做了什么？"夏栀的目光骤冷，比昨夜降温的寒风还要刺骨几分。

沈欧嘴角上扬，露出一丝坏笑，好似待捕麋鹿的猎人，步步走向床边，俯下身子时，双臂自然地支撑在床上，这个动作也将夏栀的身体环过小半圈。

这样的距离恰到好处提升空气中暧昧因子的活跃度，同时也让室内地暖的热气越发蒸腾。

夏栀看着沈欧，他的眼底散发着蓝宝石般华亮的光泽，准确地穿过她的双眸，试图探究她内心的动向。

她不会给他机会，微微低垂下的眼眸被浓密细长的睫毛遮挡，像是夜空中明净的孤月被绵密的浮云掩盖，无法贯穿而过直达心底。

"是你先主动的。"他的语气是从高空中掉下来的认真，空气中悬着薄如蝉翼的轻佻。

夏栀的心也随着他的话语，降落的速度不亚于在山崖蹦极，若不是有一根理智的绳索牵引，只怕会在崖底摔个粉碎。

"主动？我主动什么了？"

沈欧见她紧张起来，对她更充满探究的心理。平常的夏栀是淡雅如冰雕下的花，美丽却散发出冰冷的气场，任世间纷扰，她只选择优雅从容，似乎没有什么能掀起她心中的涟漪。

这一次，夏栀确实紧张了，她从来没有跟男生同床的经历。

"看来你将昨晚的事情都忘记了。"沈欧起身，从衣柜里拿出衣衫去客厅换上，回来时他系纽扣的动作娴熟沉稳，手指修长骨节分明，独有的男性气场在空气中层层递进，直达夏栀起伏的胸口。

"你最好说清楚。"夏栀不想让他看出自己的慌张，可是柔软如青葱的手指不自觉地抓紧被角。

沈欧凝视着夏栀的脸，不知道为何喜欢看她眼底浮现的波澜，以及她白皙如栀子花瓣的面颊浅浅浮现的晚霞。

"既然你不记得了，也没有必要知道。"沈欧恢复他往常的沉冷，开始扣衬衫上的袖扣，"昨晚你喝醉了，我只好将你带回来，叫来我家陈姨给你换衣裳，因为这里没有女士睡衣，所以只好给你穿这个，晚上你吵着不舒服，我让陈姨睡在你身边照顾你，而我一直在客厅，这样的解释你可满意？"

"我在 KTV 遇见你，你怎么不去别的包厢找找认识我的人，或者把我送回学校？"女学霸岂会那么容易被忽悠。

"我又不知道你从哪个包厢出来的，也不能证明说认识你的人就真的认识你，那时候你已经关神志不清了，被人骗了都不知道哪是哪儿。送你回学校时，宿舍已经门禁了，所以我只好带你过来了。"沈欧两手一摊，表示无奈，又笑着说道，"不过都说酒后吐真情，昨晚的事，我记住了，这也是我想带你回来的原因之一。"他的笑容充满魅力。

夏栀还想质问他昨夜的事，公寓门在一声钥匙的响动中打开，沈欧的保姆陈姨笑盈盈地走进屋，询问沈欧早饭的样式。

沈欧吩咐好陈姨，回过头对她道："衣服已经洗好烘干，在椅子上，你自己换上吧"。

见沈欧将卧室门带上，夏栀觉得没有再追究的必要，换好衣服，开门对沈欧道："谢谢你，但还是当作没发生的好。"

语毕，她不等沈欧做出回应，离开公寓。

怎么可能当作什么都没有发生过呢？

夏栀回到自己的公寓时，萌萌立刻问夏栀昨晚在小姨家睡得还好吗，有没有因为喝多了被小姨骂。萌萌他们在 KTV 玩了通宵，也是刚回公寓不久，她刚洗完澡，正准备补觉。一看见夏栀回来立刻来了精神，问长问短。

萌萌待夏栀如姐妹，以她的脾气，若是知道夏栀昨夜留宿在沈欧的公寓里，她一定会跑去找沈欧，将刀架在他的脖子上，非逼他娶了夏栀不可。

"没事儿，看你熬成了熊猫眼，快去睡会儿吧。明天我会去一趟西市，可能要待两天才回来。"

夏栀说完，就知道萌萌又要对孟季抱怨一通。她忙笑着把萌萌按在床上，为她盖好被子。

3.

　　从北市到西市坐高铁只要两个小时的路程，夏栀靠在车窗上，手里还捧着给孟季的礼物。望着窗外匆匆而过，来不及停留的雪景，她的内心也跟着这一片白而放空。

　　夏栀渐渐困乏，倚在座位上想要眯一会儿，然而闭上眼睛时，脑海里竟然浮现出沈欧那张英俊的面容，如同一张放大的大头贴，向她的脸上缓缓贴近。

　　夏栀一下子就惊醒了。

　　已经决定将那天的事情忘记，却偏偏总在某个时刻，将记忆中的画面清晰拼凑。

　　她自己都不明白，为什么会纠结于此，也许是对沈欧不够彻底的解释，存有疑惑。

　　她究竟主动做了什么？

　　这个疑问仿佛生长旺盛的藤蔓，不可抗拒地缠绕住她的心脏。

　　远行的列车终于到达目的地。

　　昨夜孟季来短信，说他要备考，圣诞节不能陪她了，夏栀想告诉他，自己去找他，不过在对话框里写好的话，又被她删除了。

　　夏栀走出火车站，她没有告诉孟季她会来，想给他一个惊喜。

夏栀坐上公交车，在孟季所读的大学下了车，她知道孟季的住处，径直而去，没想到在楼下看见了他的身影。

孟季穿一身浅灰色棉服，蓝色的牛仔裤，非常休闲。

夏栀露出与和煦日光相媲美的笑容，温暖、甜美，一步步靠近孟季，想要喊他的名字。

就在这一刻，两个人之间画出一道深深的分割线，缘分牵扯的那根红绳突然扯断了。

夏栀看见孟季的身边，是一个穿着粉色羽绒服的甜美女孩，孟季微微笑着，笑容灿烂，伸手抚摩女孩的头发时，缓慢的节奏里带着一种宠爱的味道，女孩揽过他，撒娇的模样分外刺眼。

也许是察觉到被某种特殊的目光注视，孟季转头的时候，正好对上了抱着礼物、静静地望着他的夏栀。

孟季的眼里满是惊讶，但是在夏栀看来是那么可笑滑稽。

她移开视线，只想给他一个决然的背影。在她走到学校门口的时候，孟季追了过来。

"夏栀，你听我解释。"

好像所有电视剧里女主角与男主角发生误会之后的开场白，夏栀心里的某个角落似乎正在往下坠落，已经不是孟季的一言一语，可以拉回的。

"夏栀。"孟季看着背对着自己的夏栀，良久的沉默之后，他再次唤她。

夏栀白净的脸上没有多余的难过，她只是异常平淡地转过身，将礼物放在孟季的手上，声音平淡："圣诞礼物，也是分手礼物。"

"我和她只是……"

　　"不需要解释了，你和她怎样，和我没有任何关系。"夏栀冷静地说，没有一滴眼泪，连眼圈都没有变红，那种冷静，让孟季看见他们之间隔着再也无法跨越的鸿沟。

　　孟季的手里还拿着夏栀的礼物，他慌忙拆开，看到一串粉底蓝花的风铃，记得高中毕业的暑假，他听她说风铃清脆的声音，可以带来幸运。

　　时隔两年，这句话却仿佛久远到一个世纪。她亲手将曾经的幸运给他，他却亲手将某些看不见的希冀扯断。

　　"你爱过我吗？夏栀。"孟季在夏栀转身离去的那一刻，做出最后的挣扎。

　　夏栀停在那里，不断坠落的内心，像被一根线牵扯，悬停在山谷深处。

　　孟季靠近她的背影，声音从头顶传来："从我们在一起的那天起，我就一直觉得，这场恋情，都只是我的一厢情愿。"

　　"所以这就是你开始新恋情的理由吗？"夏栀的心中，似乎要被难以抑制的潮水淹没。

　　"这件事，确实是我的错。"

　　"不，也许你说得对。"夏栀深吸一口气，"以后就做陌生人吧。"

　　面对不值得的人和事，天秤座的夏栀会迅速冷漠和无情，觉得多停留一分钟都是在浪费。不吵不闹，更不会在人前流泪，优雅离去，向来是她最绝情的态度。

　　便捷的KFC永远不缺客流量，夏栀坐在角落里，桌上摆着豪华优惠午餐。

没有预想的痛哭流涕，没有渲染的悲痛欲绝。

夏栀唯一清晰的感觉就是，她饿了。

在食物塞满她空虚的胃之后，她停滞的大脑似乎才重新运转，回忆刚才发生的事情，好像旧电影里残留的不清晰的片段，明明距离不到一个小时的光景，却给夏栀留下一种银河系般遥远的错觉。

夏栀对于这样的结局，其实并不意外，或者说在她身体的某个深处，似乎早就预想到这场别离的发生。

她曾经也许喜欢过孟季，但那种喜欢只是如同散发淡淡花香般的清浅，风吹过就散了，不足以成为她生命中不可缺少的一部分。

也正因为如此，她对孟季回应的方式是相敬如宾，两个人甚至到拥抱便戛然而止，更近一步的关系，总是被夏栀身上无形的气场阻挡。

手机微信提示音响起，屏幕亮了起来，夏栀打开微信，是孟季发来的。

"你永远没有像我喜欢你那样喜欢过我。夏栀，愿你一切都好。"

夏栀将手机放回口袋，将目光停驻在街景，屏蔽身边顾客的喧闹，将自己放在一个小小空间内。

内心似乎已经适应了低谷悬浮的沉闷，这种沉闷又不足以促进悲伤的形成，但每一寸呼吸之中，仿佛有什么渐渐消失了。

是心头上的怅然若失，带着某种颓废与失落感，竟然也熏陶出感伤的酸涩眼泪来，在眼眶里打转，迟迟不肯落下。

西市的天空灰蒙蒙的，仿佛在印证着夏栀此时此刻的心情，空中渐渐从零星小雪转到鹅毛大雪的场景也点缀了这场分手戏码的意境。

　　夏栀起身离开 KFC，在街上仰望着天空落下的雪花，有一片飘落在手心里，冰凉凉的触感瞬间融化。

　　她想，该回去了。

　　她忽然发现自己满怀期待地奔赴前来，只为造就一场后会无期的告别仪式。

　　天色越来越阴沉，她紧了紧深褐色的呢绒大衣，迎着不期而至的大雪，朝着公交车站走去。

　　暴雪随着狂风肆意飞舞。夏栀不得不低头前行，公交车站离她并不远，可寸步难行的她仿佛被甩在了千里之外。

　　眼前白晃晃的雪地上出现一双黑色皮鞋，使她停下脚步，抬头看见一柄深蓝色的大伞下，是一张英俊如冰的面庞。

　　"一个人在这里做什么？"

　　夏栀觉得一定是幻听，在沈欧口吻中，竟然听到了一种关心。

　　"你怎么会在这里？"

　　"来西市办些事情。"他经过这条街，不知为何，在人群中第一眼就认出了夏栀。眼下见到她冻红的鼻子，眼眶像是哭过微红一圈，像个无家可归的猫咪，沈欧心间的某一处突然柔软了下来。

　　他握住她的胳膊，沉声道："我送你回去，不要拒绝我的好意。"

　　沈欧的语气里带着一种不容回绝的笃定，夏栀的内心还在挣扎，却已被他带上了黑色宾利，车里的暖风缓解她身体的冰凉，沈欧将车上的抽纸巾递给她说："擦擦头发吧。"

　　夏栀接过纸巾，道了一声谢，擦去刘海上的雪水，就听见沈欧吩咐他的司机回北市。

　　一路上车内气氛寂静，这种寂静能将尴尬凝成一种透明的面膜，轻轻敷在夏栀的脸上。

　　她在心里搜寻可以汇成言语的话题，余光看见坐在身边的沈欧，望着车窗外的风景，只留给她一个俊美的侧脸。

　　她见他镇定自若，她的内心忽然安定下来了，转头去看着西市最繁华地段的街景，不再尝试找话题。

　　"少爷，眼下雪越下越大，只怕高速公路已经封了。"司机说话慢条斯理。

　　"那就去郊外的别墅旅馆暂住一天。"沈欧转头看向夏栀，目光温和，"今天暴雪，高铁也延期了，不如将就一晚，怎样？"

　　"我可以自己去找家连锁旅馆。"夏栀回想起在沈欧公寓的情景，试图剪断任何靠近他的牵连。

　　"小旅馆不安全。"

　　"和你在一起很安全？"

　　沈欧缓缓靠近她，身上散发着古龙香水与男性温热的气息，扑进夏栀的鼻尖。

　　"当然，既然遇见了……"暧昧在话语中流动，随后沈欧沉肃了神情，"我找你有事谈。"

　　夏栀并不会被这样的气氛扰乱心神，她的理智灯再次亮起。她知道他所说的一切，都与暧昧所延续的遐想无关。

　　在郊外的别墅旅馆里。

　　夏栀看着精致的装修与一尘不染的环境，如果不说这是旅馆，她都以为是沈欧的私有豪宅。

　　落地窗的外面依旧是纷飞的风雪，似乎想把这座城市淹没。

客厅内灯火明亮，夏栀通过玻璃窗看见沈欧的倒影，他正在认真地煮着咖啡，动作娴熟流畅，似乎这是他经常且喜欢做的一件事情。

而他的专属司机在停好车后去了隔壁房间，眼下客厅里，只有夏栀与他两个人。

"过来喝杯咖啡，暖暖身子。"沈欧喊她，夏栀转过身坐在象牙白的长桌前，端起白色骨瓷咖啡杯，缓缓喝下。

咖啡的味道香而醇厚，一丝丝奶香滑入喉咙，味苦回甘的滋味久久停留在口中，夏栀没想到沈欧煮咖啡的技术这般好，超过了很多知名的咖啡店。

好吧，其实她对咖啡并不是很了解。

也许因为咖啡的香气在客厅中孕育出令人安定的气氛，沈欧神情闲淡，坐在夏栀的对面，声音低沉如音乐家手中的大提琴，弹奏出定人心神的优美低音。

"咖啡可还喜欢。"

"很好。"

"是来见男友？"

夏栀抬起头，清亮的目光对视沈欧深不见底的黑瞳，她说："你调查我？"

沈欧轻轻地笑，笑容融进咖啡氤氲的热气里，他坦然地回答："没有，无意间听说你男朋友在西市。"

"分手了，就在刚刚。"

也许因为气氛过于恬静，使这个寒冷的午后变得宁和，夏栀简单地将自己的心事吐露出来，她以为可以轻描淡写，却发现微微酸涩莫名浮起，眼眶泛红。

沈欧端过咖啡细细品尝，他凝视着夏栀，想找到她情绪里的黯淡，柔和地问："需要肩膀吗？"

夏栀轻盈地躲过话题："你找我来做什么？"

"我很欣赏你的才华。"沈欧声音沉稳，将咖啡杯放在桌子上，"你有没有考虑加入天星旗下的芙蕾珠宝公司？"

一簇簇小烟花，在夏栀猝不及防的内心突然绽放，让她出现短暂幻听的错觉，她似乎想再确认一遍，问道："你说什么？"

梦想是什么？是虚无缥缈的幻境，是望尘莫及的明月，因为它遥远，因为它难以实现，大多数人都选择向现实低头，妥协与接受。在日积月累的生活下，最初的梦想，像是风沙中被磨平的裸岩，早已经失去往日张狂的姿态。

还有谁愿意提起梦想？它已经是棵枯死的老树，已经无法在死寂的内心中滋养出新嫩的绿芽。明明知道梦想的路途充满荆棘，明明知道最后可能换来遍体鳞伤，可即便是这样，有些人也不愿意放弃，比如夏栀。

国际著名珠宝设计师，是夏栀一直追寻的位置，所以无论如何辛苦，她都不曾放弃努力，考进著名的S大，成为学霸，用优异的成绩供养自己的学费，只为有一天，她可以站在那里，站在那个璀璨夺目如钻石的位置。

而此时，沈欧递给她的实习合同，无疑是在夏栀追梦路上抛来橄榄枝。

夜晚暴雪终于停了下来，零零星星的雪花飞舞在暗黄的路灯下，夏栀在自己房间的浴室里沐浴，浴缸里氤氲的热气让她放松下来。

离开浴室的夏栀，周身轻绕着沐浴露的香气，她抱着衣服下楼去洗衣房时，并未发现掉落了一件，恰巧被下楼喝水的沈欧踩到。

他并未在意地捡起来，只瞥一眼，在认出这件衣服时，沈欧的身体微微一僵。

夏栀发现时沿路返回寻找，看见沈欧站在楼梯口，细细地端详着他手里的粉色桃心内裤。

气氛一下子升腾起来，沈欧倍感为难，面对手里的物件仿佛烫手山芋，又不知该怎样开口。

尴尬在空气中不断跳跃，冒着呼呼的热气烧得夏栀脸颊通红，像是煮到发胀的红枣，在滚水里沸腾着。

那条在沈欧手中的粉色内裤，越发显得粉嫩，鲜艳无比，并且理所当然又欢呼雀跃地成为夏栀和沈欧两个人暧昧的关键点。

"把你的眼睛闭上。"夏栀终于站不住了，沈欧听从了她的话，轻轻将眼睛闭上。

夏栀趁机几步上前，将自己的内裤从沈欧的手里夺走，并迅速逃离现场，冲进自己的房间，将房门关紧。

一切平静下来，静谧的房间让夏栀的心绪稳定不少。她听到自己宛如小鼓敲击发出"砰砰"声的心跳，想要尽快平息内心延伸的情绪。

她不想让紊乱的情愫破坏自己理性的心，因她害怕自己会动情，一旦动情，理智将会瓦解，她很怕受伤，也不敢相信爱情。

也许她真的没有爱过孟季，在她父母离异的时候，她已经把爱摒弃了。

4.

"我很庆幸与他分手。"气氛浪漫的西餐厅里，郑薇柒摇晃着红酒杯，"跟他去吃日本料理的时候，他一边夹菜一边搓脚，我真怕下一秒钟他会把袜子脱掉，用来擦自己沾满油的嘴。"

"噗——"萌萌险些把嘴里的拉菲喷出去，思忖着这一口的价格，又被她完美地生生吞下，又道："你也可以在他擦嘴的时候抠抠眼屎之类的。"

夏栀刚将水果沙拉放进口中，被萌萌这句话逗得险些噎到，"萌萌，能不能不要这么粗鲁。"

"已经习惯做女汉子了。"萌萌调侃自己。

郑薇柒咯咯地笑了，随后她又叹着长气说："原本以为找到了适合的伴侣，可是经过那次约会，我再也不想进料理店了。"

她顿了顿，又像煞有介事地说："下次你们找男朋友一定去日韩料理店，看看他是不是有搓脚的毛病。"

"也可以看看他是不是有脚气或者长鸡眼。"萌萌非常配合地点点头。

"行了，咱们快换个话题吧，口味好重。"夏栀被两个室友逗得笑个不停。

郑薇柒举起酒杯，大喊："来，为我们明天找到更好的男人，干杯！"

"失恋万岁！"萌萌就爱凑热闹。

夏栀淡淡地笑着，好像静待绽放的栀子花，她的气质永远是沉静从容的，洁净清秀的面容，似乎不会沾染一丝世俗的尘埃。

她突然觉得，失恋其实没那么可怕，在郑薇柒眼里它就是偶尔的阴天，明媚的阳光总会照耀她的生活。

只是郑薇柒的话让她想起了沈欧，没由来的一闪而过，连她自己也解释不清楚，为什么会在这个时候想起他。

郑薇柒用手指在高脚杯上来回摩挲，她有了一些醉意，随口而出："我以为我不会遇见他了呢，没想到他就在 S 大。"

这话题激起了萌萌的好奇心，在她一步步追问下，郑薇柒终于坦露，她在高中时期暗恋上一个男生，名叫高盛。那时候她还是个情窦初开的女孩，可是暗恋这件事情在青春里是那样美好又酸涩。后来高盛转了学，她错失了表白的机会，也正因为如此，郑薇柒一直对他念念不忘。

"既然都在 S 大，这样的机会再错过，小心后半生都在懊悔中度过。"萌萌鼓励着郑薇柒。

"可是他那么优秀。"傲气十足的郑薇柒，也会没有自信的时候。

夏栀和萌萌听着她讲述高盛曾经在高中多么耀眼，如今又是 S 大土木工程系的系草，学院的前十名，在郑薇柒的眼里，他就是她遥不可及的那颗明星，也是她花多少钱都买不起的钻石戒指。

爱情真的会让人变得卑微吗？夏栀还不能理解，至少她从来没有深爱过。

回去的时候，因为喝了酒，郑薇柒打算叫代驾过来，开着她的白色宝马回去，却没想到与她通电话的人，是她心系已久的高盛。

高盛身穿黑色绒衣，脚上的皮鞋干净锃亮，他笑容可掬，显示着独有的修养与气度。

"你好，请问是你叫的代驾？"

"对，这是钥匙。"郑薇柒笑着将车钥匙递过去，她感觉自己的手在发抖，大脑已经出现死机的迹象，不停变换的口型最终只挤出这句话。

高盛并未多想，转身之时，看见夏栀，怔住几秒，绕过车子来到她的面前。

"栀子，真的是你？"高盛试探的语气。

夏栀脸上满是淡淡的笑意，她声音清脆地说："好久不见啊，大圣哥，差点儿认不出你。"

"你还记得我啊！"高盛露出确认后的轻松笑颜，不自觉地抬手摸了摸自己的后脑。

宝马缓缓地行驶，车厢内也成了高盛与夏栀的叙旧时间。

"最近如何？真是许久未见了。"高盛先开口。

"一晃多年没见，没想到大圣哥改了名字。"

"是啊，栀子现在越来越厉害了，听说你是你们系的第二女学霸。"

"你还好意思说，怎么不来找我？"

"说来话长，等有时间咱们好好叙叙旧。"

"好啊。"夏栀爽快地答应了。

"高学霸也不赖啊。"郑薇柒终于在高盛与夏栀你一言我一语的乒乓球式的对话中，吹了一声暂停的哨响，萌萌则在夏栀身边睡得不省人事。

高盛亲切的笑容变得拘谨起来，羞涩地说："还好，没有栀子厉害。"

他唤夏栀的小名时，自然到没有因为多年未见而生疏，好像一直都这么亲密。

夏栀看见郑薇柒脸上快褪色的笑容，她接过略尴尬的话题："土木工程系的系草就别谦虚了，追你的女孩一定数不过来吧？"

气氛忽然走向微妙的空间。

郑薇柒忽闪着长睫毛的大眼睛，闪着循迹的光，故作无意地看向高盛。

"哪有？"高盛专注前方左转的道口，极简地回答。

"没有吗？难道是名草有主了？"夏栀趁此机会，想替郑薇柒探探路。

"没有，不过……"高盛极轻浅地笑笑，留下一片令人无限揣摩的意境。

"怎么想起做代驾？"夏栀又问。

"赚些外快。"高盛回答极简，话题在车子开进学校外围的停车场时结束了。

5.

烈烈寒风被遮挡在窗外，公寓里的地暖永远保持着春天的温度，舒适中带着些许懒散的意味，令人昏昏欲睡。

睡在夏栀左边床铺的萌萌打的呼噜如雷响动，夏栀每次让她注意睡相，萌萌的经典回复是："我睡着了怎么能管得住自己？"夏栀也常常拿出"你将来的男朋友半夜醒来，一定会以为身边睡的是楼下卖瓜的老汉而报警"来作为反击。

但萌萌不以为然，夏栀表示无奈。

床头灯散发着昏黄的光，映照着芙蕾珠宝公司的实习合同，条款明确指出实习期间成绩出众，毕业便可成为公司正式职员。夏栀似乎在这份合同上，看见了美丽的橄榄枝散发出斑斓的光泽。

她回想那日，西市暴雪停息后，沈欧的宾利车载她回北市，她怕在学校下车引起轰动，便选择了人潮涌动的商业街与沈欧道别。

"记得好好考虑。"

这是沈欧临行前说的最后一句话，仿佛魔咒一般，在夏栀的脑海里挥之不去。

去，还是不去？夏栀知道这是个梦寐以求的机会，但是通过沈欧得到的，她并不想与沈欧有过多瓜葛。夏栀典型的天秤座纠结症又犯了，这份实习合同迟迟没有签。

同样的夜晚，沈欧在他的单身公寓里，望着落地窗外的夜色，脑海里都是夏栀，那夜粉红的脸颊，可爱又动人，令他嘴角上扬。他看了看日期，夏栀关于合同的事情还没有消息，他不得不承认，他想见她。

次日清晨，沈欧来到了女生公寓楼下，他还是那副冷峻的神情，在路边的石阶伫立，惹得周围无数女生心情激荡，将寒冬的空气升温成一种春暖花开的错觉。

夏栀抱着书打算去上专业课，被沈欧几步拦在公寓门口，他看着夏栀的眼睛，问道："实习的事情，是否该给个答复？"

"嗯……"追问之下的回应显得有些仓皇，夏栀心里的决断日趋明显，眼下见到沈欧，又重拾顾虑，"其实还没想好。"

"这次芙蕾公司招收实习生，机会难得，错过了可就不知道要等到什么时候，你要把握住。"沈欧循循善诱，对夏栀迈进第一步做出推动。

恰巧明灿的阳光从云层中挣脱，恰巧一片枯叶落在夏栀的头发上，又恰巧被沈欧看到，顺其自然地抬起手为她摘下。氛围在描述中，而不是在描述的句子外点出。

这样似亲近又留有疏离的动作，让夏栀觉得窘迫，于是与沈欧拉开一些距离。

她问出在心底很久的那句话："为何要帮我？"

沈欧难得漾起一丝浅笑，他回应道："机会永远留给努力的人，你是难得的人才，我相信你会做得很好。"

似乎只差这一步，沈欧的话仿佛公证员最后的判决，夏栀心里堆积的顾虑瞬间粉碎，像座一吹就散的沙丘，并没有外表看起来那样坚不可摧。

"好，下周我就去报到。"

沈欧将手插入大衣的口袋，"第一天报到，记得给岚凌留个好印象。"

夏栀猜想他口中的岚凌，一定是芙蕾珠宝公司职位不低的领导。

机会总是留给努力的人。这句话夏栀不仅认同，也是她为梦想努力的座右铭。她坚信没有付出就没有回报，如今她做到了，但这还不够，还只是她人生旅程第一站列车刚刚响起的汽笛而已。

"我的天，你说什么？"萌萌尖叫起来，春意荡漾地飘到夏栀的身边，"你说你收到了沈欧的邀请？沈欧？男神？邀请？我是不是在做一场春梦！"

夏栀手里还拿着实习合同，坐在沙发中用黑色签字笔在上面写下自己的名字，她悠然地回应犯花痴的萌萌："又不是邀请我做他婚礼上的新娘，你至于激动成这样吗？"

"栀子，你这是天上掉馅儿饼了！"萌萌喜出望外，"沈欧相中你了！"

夏栀欲哭无泪，一直以来都无法理解萌萌的思维，总是能将重点放偏了位置。

手机来电终于冷却了萌萌犯花痴的状态，夏栀看着屏幕上陌生的电话号码，带疑问地按下通话键。

"哪位？"

"栀子，我是大圣哥。"

慵懒的午后，温热的咖啡散发出诱人的氤氲香气，咖啡厅里顾客三两进出，安谧的气氛烘托出一种适宜的沉淀感，通常这样的时刻，最适合说出心里珍藏已久的话语。

"栀子，听说你已经有男朋友了？"高盛桌前的咖啡所剩过半，他似乎已经酝酿很久，在提出问题时，不自觉地轻咳一声。

诧异在夏栀的眼中一闪而过，像一颗飞速流逝的星星，瞬间归于平静的黑夜，她说："已经分手了。"

话语如同寂静夜里的烛火，在夏栀的眼中熄灭，却在高盛的神色中点燃，光芒微弱到还不足以撑起欢呼雀跃，却救赎了难以释怀的希望。

"总要有个原因吧。"高盛笑容柔和，掩盖住心底的浪潮。

目光望向咖啡馆门口的夏栀，并没有察觉高盛眼中微妙的变化，"两地相隔，终究难聚好散。"

"嗯，也对，毕竟不能时常见面。"高盛低头，喝干杯中已经微凉的咖啡，"一开始我见到成绩单上你的名字，就想来你们系找你，但是家里突然发生了一些事，一直无暇顾及。"

"家里发生了什么事？"门口空无人影，夏栀将视线收回。

"没什么，已经快解决了。"高盛不愿多说，笑容像阳光下清新的薄荷叶，给人舒适又清爽的感觉。

"这些年没见大圣哥，好像变了不少，又好像从未改变。"久违的回忆在与高盛见面时，如同倒播的电影，铺展着怀旧的气息，将画面一排排重新展现。

初中时期的夏栀，脸颊泛着青涩与纯真，背着布包走十分钟的路程上学，高盛住在她家隔壁，两家邻里关系不错，高盛也经常去夏栀家串门，两个人的友谊日渐深厚，上下学总会结伴而行。在懵懂的花季雨季的时代，男女生之间似乎也不再止步于简单的友情，对于"喜欢"这个字眼儿，像是刚刚破土的新芽，探出一颗脆嫩的小脑袋，想对这个缤纷的世界一探究竟。因而夏栀时常会被问到关于高盛的问题。"他是不是喜欢你？还是说你喜欢他？""别不承认了，在一起就在一起，有什么好说不出口的。""两个人一起上下学，下雨天都没改变过呢！"

是什么在心里跃跃欲试呢？夏栀自己也不能了解，花季里那些模糊的情愫，忽明忽暗之间，想要捕捉却无从得手，像个投入暗湖之中的月影，最终得到虚幻的假象。她不愿情谊变成无结果的拖延，也怕因此耽误学业，宁愿选择在萌芽未破土前扼杀，就在那时候，她对高盛的情意，如同冰球顺着滚梯滑落，以惊人的速度触地时壮烈地破碎。

时隔多年，如今夏栀看待高盛，真的如对待旧友那般，亲切、温暖，却仅此而已，再无其他。

"那个时候的你，总是默默低头走路，安安静静地看书，那么乖巧。"高盛眼中装满了对当时的怀念。

缅怀的话匣子才刚刚打开，高盛眼中浮现出当年缺乏勇气的自己，默默跟在夏栀身后，预备已久的话像根鱼刺卡在喉咙，任凭如何施救也难以吐露。匆匆光阴晃眼而过，心底的那句话，成了精心酝酿的美酒，淡淡地散发着迷人的醉香，在岁月里安睡。他以为青葱年少的悸动，会永远封存在旧时光里，如今意外重逢，早已死寂的某些东西再次复苏，跳跃在他的内心，渐渐膨胀，他就在眼下做了一个决定。

"有些话，其实，很早就想对你说了。"

"夏栀，好巧啊！"郑薇柒亮丽的红色绒裙在她纤细的腰肢间显现出美丽的弧线，也是这一抹红艳不费吹灰之力将高盛欲吐的话语，再次凝成一根卡在喉咙的刺。

夏栀顾盼许久，却装作与郑薇柒偶遇，她故作轻松地说："薇柒，你也过来喝咖啡吗？正好一起啊！"

在公寓的时候，郑薇柒握着夏栀的手臂，请求道："夏栀，既然高盛与你是旧识，能不能帮我一次？"

这次偶遇不过是一场精心策划的剧情，为了让高盛与郑薇柒更多接触，夏栀愿意充当牵线搭桥的红娘。

"这不是学霸高盛吗？又见面了呢。"郑薇柒化着精致的妆，为了这次见面特意打扮一番。她确实漂亮，是那种明亮亮的漂亮，仿佛金黄色的向日葵，永远追着阳光的方向，从来不将自己的美丽掩藏。她身边不乏异性追求者，可心间执着于对高盛的眷恋，任何人都不曾走进她的心。

"你好。"高盛礼貌性地回应，没有过多亲切感，反倒在他有限的笑容里，将空气形成一道透明的阻隔，"正好我还有些事情要去忙，栀子，下次见。"他起身的动作干净利落，这种干净利落的状态一直持续到他推门离去，连背影都没有留下一丝婉转的余地。

失落感满满地堆积在郑薇柒的心里，她转过身看向身边的夏栀："他就这样走了？他就这样走了啊。"重复的两句话语气不同，所表达的意思有所改变，前者是难以相信，后者是无奈地接受。

夏栀明白郑薇柒此时的心情有多么糟糕，语气平和地安慰道："别急，起码也算见过面了，以后我常约他出来，渐渐就会熟络的。"

郑薇柒默认地点头，她可不愿意相信还没有开始的失败，至少挫败感应该出现在她的表白被拒之后，而不是现在。

6.

芙蕾公司白亮的灯光在落地窗上折射出一道道刺眼的光线，象牙白的地砖平滑洁净。会议室外的长椅上，坐着一批渴望进入公司的面试者。

夏栀坐在最后，看着身边浓妆艳抹的女人不停地往脸上擦粉，相比她脚下一双黑色鹿皮绒靴，自己普通的粉色雪地靴显得几分滑稽。

会议室的门被推开，强烈的灯光从门缝中透出来，身穿米色职业装的接待员面无表情地喊下一个面试人员的名字，身边那名浓妆女人扭着腰提包进去，不久便推门而出，沮丧离去。

夏栀望着窗外被狂风吹得极速飘落的白雪，不知为何心里一片空白，之前的忐忑忽然在此时消失了。

"夏栀小姐，夏栀小姐？"神思游移不知多久，夏栀看见接待员正立在自己面前，她身后站着一位穿浅灰色合身裤装的女子，脚上是二十厘米的绒黑高跟鞋，她整体着装简单素雅，但精致的裁剪让夏栀看得出来自国际名牌。

空荡荡的长椅上只剩下夏栀一人，她穿着略显臃肿的白色羽绒服，是衣柜里屈指可数的品牌折扣商品，在风雪中沾染上几滴污泥，混迹在白色的衣服上格外醒目。

"你好，我是岚凌。"女人推了推她的金边眼镜，令人倍觉压迫的气场缓缓笼罩下来，"是芙蕾公司的设计总监。"

夏栀想起沈欧善意的提醒，她礼貌地点点头，面带谦卑的微笑："总监你好，我是夏栀。"

"我知道。"岚凌的目色凌厉，似乎能看穿你的一切，"不要以为你是沈总推荐的就得意忘形，这里可是芙蕾，靠实力说话的地方，如果让我看不到你留下来的必要，一样给我走人。"

"我记住了，总监。"夏栀谦虚地低下头，无论面前的岚凌多么盛气凌人，她还不想未进公司前让自己的领导有偏见。

岚凌神色微缓，反复打量着夏栀："身为珠宝设计师，除了要有内在的才华与对美的独到见解，也要懂得装饰自己优雅大气的外在，就好比你拿着昂贵的珠宝在地摊上售卖，珍贵的钻石也会被人当成只值二十块钱的玻璃。一个优秀的珠宝设计师，应该是内外兼具的。"

这些话在夏栀的心里留下深刻的印象，她回到公寓翻箱倒柜，发现自己确实没有一件适合芙蕾公司的衣装。

"夏栀，你这几天有没有看论坛啊？"萌萌躺在床上玩着iPad，肉肉的手指在屏幕上滑来滑去。

这句话打断了夏栀的思绪，她正愁没有钱买高档的衣服，于是，她神色淡淡地说："我哪有那个时间。"

萌萌突然从床上跳起来，重力险些将床压塌，夏栀对她这种间歇性的发神经习以为常，可以一边喝着刚煮好的花茶，一边淡定地看着萌萌在床上抖擞她的小肥腰跳芭蕾舞。

"你跟沈欧在一起了？"

"嗯，就在上次你说他相中我的时候。"夏栀开着冷玩笑。

萌萌蹦到地上时的震动感，让夏栀对楼房的承重力产生怀疑。

"真的吗？你们在一起了？你太不够意思了！全校都知道了，偏偏我是最后一个知道的！"

"你说什么？！"

门铃恰到好处地打断她们的对话，女生公寓在守门大妈如同电脑安全卫士般的严防死守下，鲜少有人进来。

"请问，夏栀在吗？"清亮的女声在门外响起，萌萌抢先一步离开卧室，将房门打开。

夏栀看见一位笑容亲和的年轻女孩，她身上的衣装风格不难看出应该是芙蕾公司的职员。

"请问你是哪位，找我有什么事？"

"我是沈总的助理，这是他让我给你带过来的。"女助理将两个纸袋递给夏栀，"以后有什么事情，可以直接找我，这是我的名片。"

一张粉色的小卡片上，写着女助理的名字——艾米，以及她的联系电话。

送走艾米，夏栀打开购物袋，发现都是昂贵品牌的职业装，还有一双裸色高跟鞋。这让萌萌愤慨激昂地对夏栀开批斗会："栀子，你还当我是闺密吗？居然都不告诉我，有了新欢就忘了旧友，太没有义气了！"

"我没有跟他在一起。"夏栀辩解道，将衣装重新装回购物袋。

萌萌高涨的情绪并没有因为这句苍白的解释而有所削减，她举着 iPad，将罪证昭示在夏栀面前，大声喊道："你们都这么亲密了，还要瞒着我到什么时候？"

屏幕上面放大的照片将夏栀与沈欧清晰地定格，背景是堆满积雪的松树，世界都在此画面中安静下来，两个人的目光中再也容不进旁人，沈欧面色温和地轻抚夏栀的发丝，夏栀微微垂眸的瞬间透露出柔软的羞涩。在帖子下方的评论中，是惊讶，是羡慕，更有妒忌与愤恨。始作俑者一定在黑暗的角落，冷眼观看这一切并回以嘲讽的偷笑。

身后的萌萌化身成唱着"only you"振振有词的唐僧，继续对夏栀与沈欧的绯闻穷追不舍，夏栀此时的大脑塞满易燃易爆的棉絮，任何声音已经没有空间安放，内心只剩"要冷静，要冷静"的自我对白，并且动作飞快地将门关上，将来不及回神的萌萌留在客厅。

学院内宽敞干净的通道上，三两个学生路过，也许是心理作用，夏栀总会觉得有异样的眼光投来，她加快脚步屏蔽掉所有外界的干扰，只想快点儿找到沈欧，庆幸的是他今天没有去公司，夏栀站在教学楼的大楼门口，等了快一个小时，终于见到身着深蓝色挡风大衣的沈欧，迈着沉稳的步子缓缓走下台阶。

她径直走到沈欧面前，语气冷漠："咱们找个安静的地方，我有话对你说。"

沈欧早就看见她，盘旋在嘴边的开场白被夏栀抢先，他见她情绪不稳，手上提着自己送给她的衣衫，心中猜到些许，声音沉缓如雪后初晴的暖阳，让人随着他嗓音流落的节拍，渐渐下沉，趋于安定。

"学校的咖啡馆，怎样？"

夏栀不语，直接朝着咖啡馆的方向走去，她的步伐极快，并不想考虑沈欧是否紧随其后。

咖啡馆永远飘溢着醇厚的香气，夏栀选择角落里坐下，转身时见到沈欧在柜台前点了两杯咖啡，才慢步而来，相比他的闲淡举动，自己像个热锅上的蚂蚁，急躁不安。

沈欧在深紫色棉绒沙发上还没坐稳，夏栀就将购物袋朝桌前一推，说："这些我不会收的。"

两个购物袋成功地将空气中的暗涌阻隔，沈欧沉俊如常，将购物袋放到了地上，回应道："没有关系，将来你拿到薪水，再还给我就行了，当我借的。"

这番话如同清凉无比的泉水，将夏栀燥热的心冷却了一半，剩下的另一半火焰依旧顽固地不肯熄灭。

"可即便如此，我也希望彼此不再有交集。"

服务生端来的咖啡放在夏栀的面前，是她平时喜欢的焦糖玛奇朵，咖啡香甜微苦的气息充进她的鼻息，恣意飘升的热气随着疑问不断地上升又消失。是巧合，还是用心？为什么沈欧会知道自己的口味？这种猜疑对于一向理性的夏栀很快如云烟一般飘逝，她宁愿相信这不过是一次巧合而已。

"怎么可能没有交集？"沈欧坐在位子上端起咖啡，剪裁合身的西装在他的动作下折出颇有绅士风度的皱褶，"我以后便是你的顶级上司。"

夏栀对此不予否认，连忙补充道："除此之外，我不想再与你有私下联系，虽然我很感谢你在芙蕾公司对我的关照。"她在手机里打开学院的论坛，将贴着她与沈欧照片的帖子拿给他看，"这个你可知道？"

沈欧接过手机，屏幕上的照片清晰地印着彼此，他不觉间用手指在上面摩挲，语气深沉，好像对此并不意外："我知道。"

夏栀对他投递诧异的目光，问道："你知道？你怎么不采取措施，不要告诉我你没有这份能力。"

"不过是一个帖子。"沈欧在夏栀的手机里输入一排数字，"聪明如你，怎么能被流言左右。"很快沈欧的手机铃声响了，他心满意足地在夏栀的手机上按下挂断键，"况且我并不想删除这条帖子。"

夏栀发现他留下自己的手机号码，夺过手机为时已晚，她心里略有不满，说："什么意思？难不成你希望——"

话语说出口之后，夏栀忽然觉得脸颊微热，她想要寻找理由，却发现更尴尬了。

沈欧狭长深邃的眼眸中，点燃一丝充满期待的光泽，他将自己从柔软的沙发中坐直，态度郑重其事地说："我希望我们以后还会经常见面。"

"我并不希望。"夏栀语气坚决。

"你不应该这样对你上司。"沈欧缓和的神色忽然严肃起来，"我会在芙蕾公司，等着你好好表现。"

夏栀有些懊悔，她知道如今怕是与沈欧牵扯不断，可她不后悔进芙蕾公司，那是她坚持的梦想，无论任何事情，她都不会放弃，她会用自己的实力证明自己将是芙蕾公司最有力的王牌。

芙蕾公司永远不缺在璀璨的水晶灯下稳健的脚步声，夏栀作为实习人员，在楼下咖啡馆给即将展开的会议准备香气备至的咖啡。

提着几个纸袋匆匆赶回的路上险些被自己的高跟鞋绊倒，好在没有耽误时间，会议开始之前，她将咖啡放在每一个座位的桌前，岚凌的咖啡多放奶油球不加糖，她记得很清楚。

岚凌推开大门，带着她的设计团队进入，她的神情严肃，气场强盛，做事一向雷厉风行，夏栀敬佩这样的人，虽然很多时候岚凌非常严格。

夏栀穿着沈欧送她的纯白色职业装，尺寸合适到仿佛就是她亲自试穿后而购买的衣衫，她不知道沈欧是如何做到的。在接受他所谓"借"的说辞后，夏栀也不再对此事有抵触心理，因为她确实需要一件适合这里的着装。

"这一次推出的新品，将以'唯爱'做主题，希望大家能够发挥自己足够的创意，让我看到与众不同的珠宝。"岚凌站在放映灯前面，金边眼镜在强劲的灯光下闪着不容反驳的魄力。

夏栀坐在最后的位置，在纸上写写画画，仔细地记录岚凌对这次主题所表达的细节。

"这次的新品，将会成为欧洲品牌展示会的主打，是我们芙蕾迈进国际市场非常重要的一步，我希望大家不要让我失望。"

如果这次自己的作品被选中，在欧洲大品牌会上展示，将是实力被肯定的一大步，夏栀自然不会放过这样的机会，她鼓足干劲儿，一定要让岚凌对她另眼相看。

因此她宁可在公司加班，也不想早早回到学院，那些流言与目光，会阻碍她的想象与灵感。

"夏栀，一起回去吗？"与夏栀同进公司的实习员工舒怡均，是个笑起来很甜美的女孩，她摘下工作牌，伸了一个大大的懒腰，准备下班。

夏栀在自己的办公桌前抬起头，回以微笑："我再等一会儿，你先回去吧。"

公司里大部分的人都已经离开，留下的三五个也在收拾东西，舒怡均拍拍夏栀的肩膀，关切的口吻说道："最近你一直都走得很晚，不要太累哦！"

"谢谢，我会的，你路上注意安全。"也许因为大家同为实习员工，彼此会走得比别人更近一些。

夏栀专心致志埋头创作，她的想法很多，但是总觉得对"唯爱"这个主题表达的不够，主题上总是偏差一些，或者少一些新意。

唯爱，意思是这世上你是我唯一的爱人吗？

夏栀难以体会，当那个自己视为唯一的人出现，会是什么样的感觉，她又想起了已经是过去式的孟季，他是否曾经视自己为唯一？可是后来他却还是变了情，而她从始至终对他的感情，也没有达到"今生唯一"的标准。

思绪游神天外，夏栀没有听见空旷的楼层里传来脚步声，直到靠近夏栀的办公室才停下。

感应到周围的空气发生微小的波动，夏栀从转椅上回身，看到沈欧正在注视着自己，她起身毕恭毕敬地说："沈总好，你怎么这个点过来了？"

"现在是下班时间，我们不需要这样。"沈欧将手中的购物袋放在夏栀的桌子上，"本来想多买几件，怕尺寸不合适，见你穿身上刚好合身，又给你新买了几件。"

夏栀刚想回绝，沈欧堵住了她的话："等回头发薪水，记得还我。"

"谢谢沈总，不用对我这样费心。"夏栀只好将购物袋收好。

沈欧双手插入口袋，眉梢略飞扬，似乎心情不错，他邀请夏栀："要不要一起去吃晚餐？"

"不，我打算回学校了。"夏栀有些慌乱地收拾自己的办公桌，与沈欧独处的时候总会觉得拘谨，她归结为论坛里的那个帖子，归结为沈欧不想删除绯闻的态度，任谁都会因此而尴尬吧。她认为这是一种尴尬。

"我送你。"沈欧的语气有着一种让人不觉服从的笃定，也是这份沉着的笃定，才会让夏栀不知道该如何拒绝，内心瞬间柔软，像一团吹散的蒲公英，随着风飘飞。

面对热度日渐高涨的绯闻，论坛里的留言从一开始"啊，真的吗？""我的男神被女学霸霸占了吗？好气愤！""不要啊，还我的男神。"渐渐到后来转变为"第一、第二的学霸在一起也很正常。""学习优异才更有话题聊吧？""其实感觉两个人也挺般配的，要不要默默地祝福？""可是心里还是会难过，我的男神。"

夏栀成了Ｓ大当下焦点人物，在参差不齐的声音中，像是一波又一波的海潮将夏栀推至风口浪尖上。

身为"中国好室友"的萌萌和郑薇柒自然不会放过任何可以追问的机会，好似左右两大护法将夏栀围在沙发里。

"夏栀，究竟怎么回事？"萌萌举起她的小肥手戳了戳夏栀的胳膊，"坦白从宽，抗拒从严。"

"没错，可不要逼我们严刑拷打。"郑薇柒对于八卦的热衷不亚于萌萌，何况是关于夏栀的。

流言与蜚语，像是不需要阳光和水的野草，只要滋长出一株遏制不住的春芽，迟早都会疯狂肆意地将这片荒地吞没，所有的解释都成了阳光下蒸发的露珠一样轻浅，苍白无力。

"真的是误会呢，沈欧只是推荐我进入芙蕾公司。"夏栀只觉得口干舌燥。

"他就没有别的意思吗？也许早就对你有好感，这只是接近你的一种方式。"萌萌脑海里开始编排偶像剧男、女主角的开场。

"看中你的实力是一方面，可是又送你衣服，又亲昵地抚摩你的头发，从前沈欧对哪个女孩子做过这些？"郑薇柒帮着萌萌调试好浪漫的音乐，温和的灯光，只等夏栀与沈欧跳入她们俩设定好的场景，演绎唯美的爱情故事。

"没准儿下次他会请客呢！"

这句话像个预言，就在此刻发生了。

沈欧准备俯身去帮夏栀提她的小包，声音沉着又淡然地说："这个点总该吃点儿东西，我请你。"

夏栀先他一步将自己的包包挎在肩上，笑容清淡，她面前的空气就是她设置的疏离障碍，她礼貌地回应："真的不用了，我学校还有事，离公司也不算很远，我自己回去就行了，谢谢沈总。"

她怕听到他的挽留，先行一步踏出了办公室，按下电梯上的红色箭头，给沈欧留下一个静美的身影，他站在这一头，看着另一端的她，明明就在眼前，却远如天涯海角。

7.

"沈欧没有请我吃饭，而且他送我的这些衣服，是将来要还的。"夏栀搂着果绿色的抱枕，被萌萌和郑薇柒的夹击，干脆窝进沙发里挥发着懒意。

面对这样的回答，还沉浸在王子与公主的浪漫童话中无法自拔的两个女孩，怎么也不愿相信动听的开场曲还没有响起就已经宣告结束了。

夏栀看着面前的萌萌和郑薇柒备受打击的样子，认为是时候该将此话题收尾了。于是她忙转话题："薇柒，最近与高盛可联系了？"

话锋一转，郑薇柒明灿灿的气势以看得见的速度萎蔫，她颓坐在沙发的一角，"别提了，上次糗大了。"

时光不能打磨褪色的牵挂，是在心间闪烁微亮的星火，再次的相遇是阵阵春风，让渐渐熄灭的火光成为燎原的凶焰。郑薇柒怎么甘心机会从她手中溜走，既然得知了高盛的手机号，便对他的微信号发送好友请求，她反反复复在好友验证上删了又写，最终以夏栀的好友为名，成功地占据高盛微信好友列表里的一席。

郑薇柒紧紧握着手机，看着微信好友里高盛的头像，手机屏幕暗下来又被她点亮，来来回回许久，也不知道该以怎样的对白投递到对方的手机里，却没想到纠结不久，高盛主动联络了她，只不过是向她打听夏栀与沈欧帖子的事情。

郑薇柒认为毕竟高盛与夏栀是老同学，她也听夏栀提过高盛那时候是她的邻居，两个人的关系很像兄妹，所以郑薇柒觉得高盛关心夏栀也是情有可原的。

怎么会用"情有可原"这个词呢？郑薇柒自己也难以解释，女人对于爱情往往非常重视又极度敏感，在知道夏栀与高盛的关系时，郑薇柒心里说不别扭是假的，可是老同学加上兄妹情，这似乎也没什么吧？也不会有什么可以发展的空间吧？更何况夏栀是支持郑薇柒的，她看得出来夏栀将高盛只当成朋友。

也许这样就不会再有什么不可预兆的事情发生了吧？

郑薇柒以此事为由，在微信里约高盛见面谈，高盛也很爽快地答应了。

学院的咖啡馆是许多女生喜欢的约会地点，郑薇柒故作随意地说出约在这里见面，其实她的内心像个被不停拍打的皮球，发出"砰砰"的撞击声。

收到高盛赴约的信息时，郑薇柒兴奋得难以入眠，又怕会顶着黑眼圈见心仪的男生，才逼迫自己早早睡下。赴约之前，也在化妆镜前精心打扮，硬拉扯着萌萌帮她挑选衣裙，却怎么看都不满意，就开着她的小跑车再去商场买了一件。

待她终于一切就绪，坐在咖啡馆里强作镇定地喝咖啡时，高盛却因为一些事情耽误了一个小时才赶来。

"等久了吧？"高盛露出歉意的笑容，"这单我请了，你还想吃什么就点，算是我迟到的弥补。"

　　"没事儿，我也刚刚到不久，正好。"郑薇柒笑容里满是柔和的光。

　　两个人客套几句，毕竟还只是因夏栀的关系认识，即便曾经是校友，也只是郑柒薇在远处暗暗地注视着高盛。

　　高盛的话题也在夏栀的范围内打转，郑薇柒则试图在这范围内寻找关于高盛的蛛丝马迹，他的过去，以及过去式里对夏栀的友谊，是否真的只是友谊。

　　在郑薇柒的心里，不肯罢休的疑惑盘旋而上。

　　"你以前与夏栀，是不是关系特别要好？"她没有能忍住，还是说出了这样的问题。

　　高盛若有所思，目光缓缓流动着一种缅怀的温暖，"嗯，只是后来因为种种原因失去了联系，如今能再次重逢，也是值得珍惜的。"

　　"重逢的时刻，确实值得珍惜呢。"郑薇柒掩藏心事，将话题回归，"夏栀解释说她和沈欧没有什么，可是两个人最近经常来往，我们都觉得沈欧对她非常关心。"

　　她观察着高盛的神情，浮动的暖意在他的脸上消退，他回应道："夏栀的心事她从来不喜欢与人过多交谈，我想论坛里的帖子并不是空穴来风。"

　　"你为什么不直接找她询问呢？"郑柒薇问着。

　　"不知该如何开口。"高盛无奈笑笑。

　　"既然是朋友，有什么不好问的。"郑柒薇目色明媚，血液里逆流而上的某种企图，在她的心里不能抑制地生长，爬满的荆棘上是初绽的花，妖冶的黑色，象征着某种无法言说的欲望本能。

　　"其实如果夏栀与沈欧在一起，两个人也还蛮般配的。"郑薇柒故作羡慕的神色，"沈欧可是 S 大的男神，又是天星集团总裁，夏栀与他在一起，不知道多少女生艳羡呢。"她又安慰他似的，"作为好友的我，都希望能送上祝福，你也不必这样担心。"

"我没有担心。"高盛收起神色，轻松地露出浅笑，"我其实是想见见你，总觉得你特别熟悉，我们是不是认识？"

欲端起咖啡杯的手在慌张无措间顺利地将温热的咖啡洒在了酒红色的裙子上，郑薇柒这一刻真想挖个地洞钻进去，尴尬中的笑容都干瘪起来。

"没烫到吧？"高盛体贴地找来纸巾，为她的裙衫擦拭，可惜浸湿了一大片，再怎么擦也无济于事，一团黑云铺展在红裙的侧面。

郑薇柒身穿短款绒衣，遮挡不住这片醒目的污渍，发愁如何回去的时候，高盛脱下自己的大衣披在她的身上，他身材高挺，宽松的大衣将她整个人裹起来。

"我送你回去吧。"那一刻郑薇柒抬头看到高盛的身后，日光散发出温柔的色泽。

爱情，究竟是什么，是在一个眼神间，一句话语中，能将枯朽的枝杈重新生长出娇嫩的花，是转身之时你似乎可以听见自己怦怦乱跳的心，那种心动让你切身体会到活着的真实，好像在此之前，你是沉睡的、麻木的，自己与孤独的冬眠，不知尽头。

夏栀在电脑前见到这段郑薇柒更新的动态，她知道郑薇柒的爱情在渐渐打开，很快就要露出香气四溢的花蕊，而她自己在爱情的路途上留守着空白，在朋友们不停更换却始终围绕爱情的签名，她的签名似乎万年都不会改变："把握自己，与晴天与风雨。"

所以她在这次设计"唯爱"的主题上，才会显得茫然无措，总觉得无论如何，都无法设计出最满意的作品，好在这个作品因为要上欧洲展会，目前展会正处于筹备期，留的准备时间倒也宽裕，可是即便如此，夏栀的心里依旧像一个漂浮在河流的水草，抓不住可以回到岸上的树枝，不知方向地漂流。

"夏栀，岚总监找你。"舒怡均走到夏栀旁边的办公桌，完成了传话任务。

夏栀微笑回应，将自己文件稿合上，起身走近岚凌的办公室，轻叩门扉，听到里面的女音传来回应，她才推开门进入。

"我看了你对"海洋之心"这一主题用珍珠设计的创意，非常满意，业界对此设计的评价也是很高的。"岚凌在工作上永远言简意赅，坚决不说半句废话，"所以关于'十二星座'的珠宝设计，我希望你能参加。"

"可是总监，我还在负责欧洲珠宝展会的'唯爱'设计，只怕如果不能专心致志，会影响两边的成果。"夏栀有些为难。

岚凌用食指推了推她的金边眼镜："我并没有打算让你继续进行'唯爱'的设计。"

夏栀诧异地问："为什么？"

"我看了你的初步设定，觉得不是很理想，我想在'唯爱'这个主题上，你的设计理念有些偏颇，所以我决定让你去设计'十二星座'主题，'唯爱'会交给别组来设计。"岚凌目光放缓，将'十二星座'的策划案交到夏栀的面前，"我知道你能力与才华，只是毕竟你刚刚实习，对于你来说'唯爱'的压力过大，所以也许换个任务交给你，更有利于你的创作。对了，你是什么星座？"

"天秤座。"

"好，你就和舒怡均还有柯城一组做这个主题，一个人四个星座。天秤座归你设计。"

夏栀回到自己的座位上时，在心里咀嚼着岚凌的话，虽然有些失落，可是她确实是以客观的角度来分析，并且分析得对。

"夏栀，你来我们这组啦？一起加油吧！"舒怡均并没有因同为实习员，夏栀却负责欧洲'唯爱'主题而眼红妒忌，也没有因为夏栀被取消设计资格而冷嘲热讽，她对待夏栀一直很友好，亲切得让夏栀感觉她像个姐姐，总是对待她投以温暖的微笑与关切。

"嗯，一起加油。"夏栀心间漾起暖暖的水波。

S大著名的明镜湖在冬季凝结成一面巨大的冰镜，湖面在阳光下反射成碎裂的金子，岸边的杨柳只剩下干枯的枝杈。即使这般萧条的景色，依然有不少情侣手牵手在湖边散步。

夏栀裹紧自己的羽绒服，鼻子头被冻得像个小丑一样红彤彤的。"找我有什么事？"在学院里，她不像在公司里那样拘谨，因此对待沈欧的态度略显得松散。

沈欧似乎无惧严寒，身上永远是深色西装配挡风呢绒大衣，沉默寡言的嘴唇在呼出云雾时增添几丝朦胧的帅气，他说："就是想问问你最近工作如何。"

像煞有介事地将夏栀约出来，完全不避讳地在学院见面，并且让她在刺骨的冷冽中瑟瑟发抖，只是作为上级对她的工作关心与审查？

"身为天星集团总裁会这样清闲？"夏栀对最近在学院风靡的流言蜚语还不能释怀，沈欧的举动无疑是火上浇油。

　　沈欧风轻云淡地一笑，伸手举动亲昵地摸摸夏栀的头："情绪这样不稳，是岚凌给你脸色看了？"

　　"并没有。"夏栀的下巴往自己的红色围巾里缩了缩，她看了看周围的女生投来嫉妒或羡慕的目光，再次忍着自己的火气，"我希望你能尽快平息这场流言蜚语，澄清我们的关系，你这样做我会万分感激。"

　　"夏栀。"沈欧将自己的双手搭在她的肩膀上，"你太过看重别人的眼光。"

　　身上传来温柔的力量感，让夏栀的心头也仿佛被这股力量按压，之前不稳的情绪被压得扁平了："你从小就活在被关注的环境中，自然对此习以为常，可是我不是，我需要安静，喜欢低调，不想被外界的因素打破内心的平和。"

　　"可是将来你若成为国际知名的设计师，难道就不会有各种眼光向你投来，你设计的作品就不会被人拿来作为好或坏的话题？"他修长的手指在夏栀的肩上微微用力，"夏栀，不要让自己活在别人的眼光里，那样你会很累。"

　　夏栀确实承认自己还不能对别人的评判做到心如止水，她向后退一步，沈欧的手也顺势被迫离开。

　　"如果真的有那一天，我愿意承受所有。"夏栀一脸平静，水润的眼眸仿佛明镜湖凝结成冰，"但是不代表我可以忍受与你的绯闻而引起的注目。"

　　沈欧没想到夏栀会动怒，也许他真的将关注的目光与言论看作家常便饭，而行事低调的夏栀，无法忍受别人的非议。

　　"也许是我考虑不周，我向你道歉。"

见沈欧态度真诚，让夏栀的情绪多少缓和了一些。

"帖子我会叫人删除，可是我不会澄清此事，咱们是朋友，以及上下级关系，清者自清，不必在乎别人的言论。"

"你说得也不无道理。"夏栀释怀了很多，"只是作为上司与下属的关系，我希望彼此还是不要有过多的个人情谊在里面比较好。"

"你这样在职场会吃亏的。"沈欧直言。

其实夏栀也明白，她如果能与沈欧搞好关系，攀上这棵大树，往后在芙蕾自然多了不少捷径与照顾。

可是她偏偏不想，她不想失去自己的原则，也不想靠关系上位，她希望可以踏踏实实用自己的实力去证明，而不是这么虚无的表象。

"你觉得我固执也好，冒傻气也好，总之我还是希望我们之间能保持距离。"夏栀直接摊牌。

沈欧凝视她良久，那种眼神可以将她从上到下看透一般，让夏栀有些想要退避，可他终究没有再言语，沉默像个无限延长的线，缓慢地向时光深处前行。

自此之后，夏栀再也没有见到沈欧，他连学校都不再踏入，也不再去芙蕾公司，若不是偶尔在杂志周刊上会见到他，夏栀都觉得沈欧从人间蒸发了。

这种状态持续了半个多月，似乎不会有改变的迹象。夏栀不明白心中的不安来自何处。

不过好在她急需要完成"十二星座"的设计，让她没有过多的功夫去想那些虚浮不宁的情绪。

只是她的手机也没有因此停止接收信息，是来自高盛的一句句问候，起初夏栀还会与他聊天，但时间久了，夏栀觉得高盛的关心，已经超出了朋友的范围，这让夏栀有些想疏远他。

而与此同时，郑薇柒蜷缩在沙发里，紧盯着手机上高盛帅气的头像，在投入一次次的问候中，便是漫长的等待他给予回应。

手机提示音响起，郑薇柒盯着手机黑色的屏幕，寻声望去的卧室里，夏栀正在做专业课题答辩，她桌边上的手机屏幕亮了起来。

"夏栀，你跟谁聊天儿呢？"女人的直觉有时候准得可怕。

夏栀打开手机，看到高盛在微信上的十几条留言，她将手机关上，语气轻淡地回答道："是我的工作群。"

郑薇柒"哦"了一声，继续盯着自己黑屏的手机，忽然间亮了一起来，高盛的名字出现在她屏幕中央，只简短地回复："好，晚上几点。"

等待许久的约会，郑薇柒坐在餐厅里，对着小镜子反复看自己的妆容，又时不时地望着落地窗外的街景，寻觅那个期待的身影。

心绪如同浮游在海浪上的小船，随着波浪摇晃不停，在高盛来与不来中间忐忑着，这种忐忑使郑薇柒险些用餐叉在白色餐布上戳个洞来。

直到视线里终于出现期待的那抹身影，她脸上又恢复明朗的笑意。

"对不起，我来晚了。"高盛的笑是阳光下清新的薄荷叶，散发的香气将郑薇柒的心紧紧包围。

"没关系，是我喜欢早到而已。"

晚餐的气氛尚好，红酒相碰的时候，郑薇柒真的希望时光能停留在此，可惜还是因为高盛提及夏栀的时刻终止了她美好的期待。

"夏栀现在忙着赶设计，所以连我也很少见到她。"郑薇柒甜美地笑着，心里泛着难以下咽的酸涩。

高盛并没有察觉到郑薇柒的内心变化："看来她的学业很忙。"

"夏栀没有告诉你吗？"郑薇柒内心的黑色花朵轻轻绽开花瓣，"她在沈欧的公司上班，就是有名的芙蕾珠宝公司。"

在高盛错愕的表情中，她心中暗黑的角落里莫名地浮起一股喜悦的热潮，"是沈欧看中夏栀的才华，她现在是芙蕾公司的实习设计师。"

郑薇柒长长的睫毛下，捕捉着高盛微妙的神色，却发现他在错愕之后，表情像是被抚平的褶皱，再没有多余的痕迹。

他轻笑着，笑得如沐春风："哦，原来是这样。"将目光又注视到郑薇柒的身上，她今天漂亮极了，依旧偏爱红色裙衫。

等一下，为什么他觉得这抹红色如此熟悉？

高中那时候的高盛还穿着白蓝相间的校服，无论款式多么土气，却总能让他在青春期里的身影中脱颖而出，面对任何女生的爱慕与暗示，他都淡然一笑，只将S大视为自己的"伴侣"，却在那样青葱的岁月里，还是有一些人，一些事，在他回忆里留下深刻的痕迹。

就比如眼前那抹红裙，仿佛带他回到花季里，在他放学去车棚取自行车的时候，无意间发现有个靓丽的女孩，会经常偷偷地在他车筐里放一些小礼品。

那个女孩穿着耀眼的红色长裙，如一张剪影出现在交错的时空里，渐渐与眼前的郑薇柒完全重叠。

8.

芙蕾公司的咖啡休息室永远不缺花边新闻，夏栀穿着墨绿色羊绒连衣裙，想要煮一杯温热的咖啡。

北市的寒冬好像漫长到不会结束一样，落地玻璃窗外是吝啬的阳光，不愿对这座城市多洒一片暖意，但这不影响室内的地暖烘焙出热情的八卦。

"哎，听说这次沈总去了美国，似乎不回来了。"

"怎么会，国内的公司总要有人打理。"

"不是有杨副总吗？听说特意从美国派遣过来，搞不好会升职。"

夏栀将杯子放在咖啡机前，咖啡缓缓流出来，停止的时候，她都忘记了去拿。

"该不会沈董事长的身体真的出问题了吧？"

"好像是呢，听说住了一次院，沈总当然要回去主持大局。"

将黑棕色的液体放入嘴边，夏栀才发现自己忘记加奶油球和糖，待她调试好后，那两名讲八卦的同事也有说有笑地离开了。

冬季真的好肃寂，夏栀望着窗外光秃秃的枝杈，心里莫名地出现这句话，可是为什么仿佛不甘心的、在浮躁不安的情绪被寒冽的风吹得快要熄灭时，竟然在一杯咖啡的温度中，渐渐复活。

　　他真的不会回来了吗？

　　自从沈欧去了美国，论坛的那些关于她与他的绯闻也被清理得一干二净，就像从来都没有发生过，如同烟云一般来也缥缈，散也缥缈。

　　而关于他的点点滴滴，却总是浮现在脑海里，在她煮咖啡的片刻，在她回学院的路上，也在她独自一人静静望着远方的午后。

　　夏栀站在白色主题装饰的休息室里，午后的阳光反射的光线放入了缓慢的时间里，给人一种陈旧的意味，连思绪都在漂浮的尘埃中放空。

　　她不明白自己怎么了，对于这样一个只有过几次交集的人，何必要去在意。

　　真的只是几次而已吧！她在回忆中一一翻找，却发现那些画面清晰得如同真实演绎，为什么她的印象如此深刻，是因为他给过她冬阳般温暖的关怀？这样的疑惑像浮在水面的气泡，凸起又破裂，最终只剩下平静的湖面，无从回应那些问句。

　　冬季的黄昏是萧寂的灰白，夏栀在离开公司时看见了高盛，他穿着一件浅灰色的外套，站在冷冽的风中对她笑着，笑容如同春光，明媚又清爽。

　　"可惜不能像从前一样，骑单车载你回去。"时光仿佛都被这句话添上温暖的旧色，高盛回味着曾经，层层波光在他的眼眸中泛起。

　　夏栀微微一笑，像一朵开在冬日黄昏的白梅："那时候也经常徒步回去啊！"

　　"也对。"高盛发出邀请，"晚上要一起吃点儿东西吗？"

"也好。"

两个人坐公交车回去，在距离学院门口不远的街角，选择一家味道不错的拉面馆就餐。

冒着温热香气的餐厅里，一切都似乎变得缓慢起来，将时间倒回，两个人的话题也经常围绕少年岁月的趣事展开怀念的演奏曲。当一件件旧事重提，高盛眼中的光亮像投入粼粼湖水的日光，闪闪烁烁。

原来这么多年阔别，依旧不曾改变当初的情意。

只是夏栀却在些许微小的当下，还是察觉到来自高盛所传递的不同以往。

她能够体会到他不同以往热情的关切，能够感觉到他清亮的眼中流露着不同以往的炙热，却只能装作全然不知，与他一起谈笑风生，回忆当年。

以为在校园挥别，至此之后，便会回到各自的生活中，却没想到高盛每次都会在芙蕾公司等夏栀，并且与她一同吃晚饭，偶尔的早晨，他会提前买好早饭，在女生公寓的楼下等她。

郑薇柒在清冷的晨曦中锻炼回来，三五次碰见高盛，他对她投以微笑，只是那种微笑与空气中的干冷也相差无几。

"要不要我帮你送上去？"见到高盛站在冷风中，手中提着热腾腾的早饭，郑薇柒心里涌上来丝丝针扎般的疼痛，可是她只能微笑，却只能微笑，在滚烫的熔浆里缓缓扬起一抹甜美，好像她血液流动的是糖浆一样的微笑。

高盛笑着，眼神清亮："那就麻烦你了。"

郑薇柒接过一份小笼包和一碗皮蛋瘦肉粥，保持着她甜美的笑容："没关系，举手之劳。"

　　是什么在心底一层层剥离，郑薇柒在一步步迈进的台阶上，也将当初与高盛在餐厅的场景倒带回放。

　　"今天很高兴能与你共进晚餐。"

　　"你穿这件红色裙子很好看。"

　　"你很像我一个曾经见过的女孩，当时我觉得她很漂亮。"

　　这些话语在郑薇柒的耳边回响着，那时候的高盛笑起来灿烂如阳光，温暖着郑薇柒的心，也给了她希望的光芒。

　　却在希望还没孕育出花蕾的时刻，便被此时的高盛一把抓过丢进窒息的沼泽。

　　夏栀顶着蓬松的乱发，在卫生间里洗漱，今天周末不用去上班，却被高盛的电话叫醒，她在回味与周公钓鱼的惬意，就看见郑薇柒将一份早餐重重地放在了桌子上。

　　"给我买的吗？薇柒，你真好。"夏栀唇间的尾音刚落，见到郑薇柒湿润的眼眶，她游神天外的神经终于清醒过来。

　　"为什么？"郑薇柒的情绪在内心滚烫的熔浆里酝酿许久，终于要顺着泪腺决堤，"你当初不是说过，你和高盛只是朋友吗？你对他从来没有别的想法吗？当初是不是你鼓励我去向他表明心意，当初你是怎么说的你都忘记了吗？为什么如今他经常接你上下班，经常在周末的时候给你买早餐，夏栀，你怎么可以这样对我？！"

　　郑薇柒的胸腔起伏着，难掩她的激动，夏栀知道这件事情，朝着她没有预料到的方向前行，没想到时隔多年，高盛对自己居然还会存在一些不同于友情的情愫。

　　"薇柒，你别误会，我跟他并没有怎样。"夏栀伸出手，想要握住郑薇柒的时候，却被她挥开。

也是这一刻，夏栀觉得两个人之间，开始凝结起透明的隔阂。

"不要再假惺惺的！"郑薇柒怒不可遏，"一边跟沈欧暧昧，一边又攥着老同学不放，夏栀我没想到你是这种人！"

夏栀真的觉得百口莫辩，面对高盛经常陪她下班这件事情，她确实婉拒过，可是高盛很固执，依然坚持下班接她。

"不是的，薇柒，我真的是希望你能和大圣哥在一起。"

"大圣哥！叫得多亲切，多么有优越感，恨不得让我时时刻刻都知道你们的关系不菲。"郑薇柒内心不断蔓延生长的黑色花朵，长满刺的藤蔓狠狠发挥它的锋利，"如果你和他真的没有什么，你不是应该拒绝吗？你为什么没有？"

郑薇柒很多次见到高盛送夏栀回来，周末为她买早餐，偶尔邀请她去吃饭。而郑薇柒与高盛微信联络的时候，他总是保持亲切的语气，却又总是在温暖的微笑上裹着一层疏远的纱。郑薇柒再也不能不将高盛的退避与夏栀联系在一起。

"我真的没想到，你会是这样的人。"

所有的怨艾通通丢向夏栀，郑薇柒已经放弃对友谊最后的权衡，当她再次见到高盛的时候，发现自己对他的情意一丝不减的时候，她已经无法控制自己不去撕裂所有阻碍她的人和事。

最终这场争执，被萌萌从卧室出来的开门声所打断，她顶着鸟窝头迷茫地看着夏栀与郑薇柒，懒洋洋地打哈欠，明显是刚刚被他们的争执声吵醒，"周末不睡懒觉，大早起吵什么呢？"

郑薇柒没有再言语，转身走出公寓，夏栀甚至在她关门的一刹那，感觉到空气中的决然碎裂成细小的形状，重新拼凑成误解的形态。

夏栀提起桌子上的早餐，顾不得萌萌的询问，下楼沿着平坦的小路，走到高盛所住的男生公寓楼下。

高盛没想到夏栀会来找他，兴冲冲地下楼，发现她手里还提着他买的早餐，难免疑问："怎么了？"

夏栀将早餐还给高盛："大圣哥，以后不要再为我送早餐了。"

清冽的冬风吹熄了早餐的最后一丝热气，当它们重新回到高盛的手上时，他体会到传递而来的冰冷，是来自夏栀的内心。

"大圣哥，虽然我们的友情一如当年，但是很多事情，都已经不一样了，而且现在我也不需要别人过多的照顾，这可能会给我带来困扰，对不起。"

在她要转身之时，高盛想要抓住最后的挽留："是什么困扰你？大圣哥只是想像以前一样，对待我的夏妹妹啊！"

夏栀忽然找不到合适的理由，一方面是为了郑薇柒，另一方面夏栀真的只能把他当成朋友，所以某些东西在还没有成形之前，浇上一盆滚烫的开水，也许痛苦才会减轻到最小化。

"因为沈欧。"夏栀没想到在她编织理由的最后时刻，脱口而出的是这句，"你也知道因为沈欧推荐，我才进芙蕾公司做实习生的。"

高盛觉得有什么东西哽咽在喉，一如当年默默跟在夏栀身后，那句话想说却始终说不出口。

"可是，夏栀。"他觉得再不说，只怕这辈子都没有机会了。

夏栀不敢去看高盛的眼睛，她不是傻瓜，对于他想要表达的情意，在这些天，她已经有所体会，才会因此对郑薇柒感觉抱歉。

"大圣哥，我希望我们是一辈子的朋友，好吗？"

关于"朋友"这种关系，真的微妙至极，尤其在男女之间，彼此很熟却又不够"熟悉"。男女间的"朋友"是一种很近又很远的关系，是一种与恋人只差一步之遥的关系。

可偏偏这"一步之遥"，其实是千里万里。

因此高盛看见站在自己面前的夏栀，对他竖立起朋友的屏障，是他无法跨越的距离。

大雪将暗夜的暮色照亮，在昏黄的街灯下，雪花像白色的星星坠落，数不胜数。而公寓里的气氛并没有因为地暖的温度上升，使其像明净的窗户上凝结的水雾一般折服，相反朝着夜里的冰天雪地撞击而去，找不到可以点燃柴堆的温暖星火。

萌萌坐在沙发上敷面膜，看着面前的夏栀和郑薇柒形同陌路，不知情的她，连怎么打破僵局都束手无策。

"明天晚上，我订了爱唱KTV的包厢，你们两个一定要去。"气氛干燥得让萌萌觉得脸上的面膜都可以脱水成一张纸片了。

郑薇柒没有说话，窝在沙发里看杂志，倒是夏栀先开口："薇柒，一起去吧，顺便把高盛叫上。"

郑薇柒从杂志里抬起头，句句挑起嘲讽的旗帜："叫他来是想当着我的面秀恩爱吗？"

夏栀觉得有必要解释，她不想每天在忙碌的学习和工作之后，回到公寓还要面对郑薇柒的冷眼冷语，她不喜欢这种不和谐的关系与状态。

"我和高盛说了，我们只是朋友关系，叫他来也是……"

"那又怎样，朋友也可以成为恋人。"郑柒薇打断了夏栀的解释。

"我不喜欢他，从来都没有。"

"不爱也可以当他是备胎。"

"你是这样想我的？我们做室友两年，你觉得我是这样的人？"夏栀内心有点儿窝火。

萌萌嗅到十足的火药味，在战争未爆发之前，她连忙起身制止，动作幅度大到她脸上的面膜都掉落下来了，她说："你们两个这是怎么了？有什么事不能好好沟通？"

夏栀也站了起来，压抑着她想要冲动的火气："郑薇柒，我不管你怎么认为的，我将高盛只当作亲人看待，如今我跟他说明我们只是朋友，就不会发生你所想的那些事情，并且你喜欢他，那是你的事情，跟我没有半点儿关系，高盛是个有思想的人，并不是你那些挥霍金钱就能得到的物品，感情终究是不能控制的，你自己去争取是一回事，缘分深浅又是另一回事，不要有什么事情都归结于别人身上。"

说完这些话，夏栀嘴唇都有些干，她转身到餐桌前端起水杯大口大口地喝下去，想让凉水灌进肠胃之后，浇灭她心头的火气。

郑薇柒一直坐在沙发上低着头，微卷的长发将她的神色遮挡，看不出什么情绪，时间一分一秒地缓缓流逝，空气犹如过山车一样从干冷上升到火热，再下降至寻常暖如春意的温度。

不知过去多久，她终于站起身来，歉意随着言语流露出来："夏栀，是我不好，误会你了。"

"我能理解你的心情，柒薇。"夏栀说道："之所以叫高盛来，也是想给你们拉近关系的机会，如果你有所顾虑，我可以不去的。"

"不必这样，夏栀，你说得对，是我的终究是我的，不是我的，你在或不在，又有什么关系呢？"

"你能这样想就好了。"夏栀笑着。

"好啦好啦，都是好姐妹，不要再吵了。"萌萌拉过两个人，缓和气氛。

真正的友情大抵就是如此吧！无论曾经怎样怀疑，无论曾经有何误会，总能找到化解的出路，仿佛路面上融化的白雪，在温暖的阳光下蒸发，对于曾经带来的寒冷再也找不到任何蛛丝马迹。

夏栀在吵闹的KTV里居然会想出这样一段话，虽然狭小的包厢被三五个朋友填满，可是她依旧会感到莫名的寂寞与孤独，这种感觉仿佛与生俱来，像个洗不掉的青色文身，深深刻在她的心里。

手机屏幕自始至终都保持着黑屏的姿态，仿佛在淡定地瞧着夏栀时不时泛出一团棉麻难解的情绪，她将手机解锁，打开微信，这动作简单，却流露出她有所想要得到回应的期待，直到她发现一条信息，来自沈欧的好友申请。

冥冥之中是什么将彼此拉近，就连内心的期许，也会在不起眼之时发生强烈的碰撞，无法解释的巧合，像从遥远的银河系陨落的辰星，那样充满迷幻的存在，却是真实无疑的。

夏栀没有犹豫，按下了同意键。

而这一切的发生，在长形沙发的另一端，被高盛专注的目光，看得清晰。

原本高盛接到邀请，并不想前来，可他还是来了，只因为他还不想放弃夏栀。这份执着，来自青春年少的遗憾，也来自对当初的情愫难以释怀的坚持。同样因为这种坚持，也让坐在他身边的郑薇柒，默默地注视他良久，试图找些话题，来拉近彼此的关系。

"你喜欢喝什么酒？"郑薇柒摇晃着手中的酒杯，蜜桃果酒的香气让她的笑容看起来更甜美。

"没有特别喜欢的，只是不喝白酒。"高盛浅浅的笑意，温暖却难以靠近。

"酒量一定不错吧？"

"还行。"

聊天似乎总是这样戛然而止，在安静的高级餐厅，在喧闹的KTV包厢，在独处的咖啡店里，任何时候的高盛，让郑薇柒总是觉得他明明距离自己这么近，近到可以闻见他身上清新的薄荷香气，近到她一伸手就可以碰到他。可惜她明白，她其实够不到，真的够不到，哪怕真的伸出手去抓他的衣角，她还是够不到他远在天边的内心。

而高盛熠熠如阳的目光，总是静默无言，投入夏栀那抹孤独又安静的影子里。

这也许是郑薇柒难以控制愤怒的源头，在她一次次推翻敏感的猜忌里，最终所谓的怀疑却是真相，可是她也明白，夏栀从来不会说谎，她若真的喜欢高盛，一定会明确地告诉自己。

"喜欢"这件事情，根本没有谁对谁错，也无法控制，不能按照你的所思所想去安排，只能听天由命。

郑薇柒却不想放手，她为了爱，甘愿放手一搏。

手机上是放大后的图片，一片蓝色如琉璃的海洋，与无边际的天空相接，形成一道纯净的风景线。夏栀凝视这片海良久，这是沈欧的微信头像，她将其收回去，见到对话框里的空白，不想去猜测沈欧的用意，因为没有任何期待和从不波动的内心，才不会有所失望与伤害，但她不得不承认，内心并不能做到沉寂无声。

来电铃声打断她的思绪，夏栀见到屏幕显示的名字是岚凌，心知在周末肯定有急事，她疾步离开包厢，来到安静的走廊下，接通了电话。

　　周末的芙蕾公司人迹寥寥，白炽灯下的办公楼里回荡着夏栀的脚步声，岚凌已经在办公室里等她许久，将一份文案放在夏栀的面前，神色平静。

　　"这次'十二星座'的主题偏偏与米罗公司的主题相同，如今计划已经无法更改，况且这次的作品大多我比较满意，只是有三个星座的设计与米罗相差无几，我不想因为此事惹上不必要的麻烦。"

　　夏栀将文案打开，发现样图的对比确实有些相似，她将文案重新合上，淡定地说："这次是我的疏忽，放心吧，总监，我明天就将新的图样交到你的手中。"

　　岚凌金色的眼镜框里难得露出笑容："很好，我就喜欢你的这份自信。"她站起身来，拍拍夏栀的肩膀，"其中两个星座本来是舒怡均负责的，可她现在在外地出差，只好辛苦你了，这也是一次证明的机会。"

　　"我明白的，总监。"夏栀拿过文案，目送岚凌离开，她其实非常感谢岚凌突来的电话，否则在高盛与郑薇柒的目光下，她都无处遁形。

　　其实她早就察觉到，高盛那双眼神中满是要诉说的话语，让夏栀只能选择回避，甚至不愿与他多语，而她的离开，也可以让郑薇柒有更多的空间与机会。

　　空荡荡的写字楼里，只有夏栀这层亮着如白昼的灯光，她将思绪专注在工作上，不作他想，起身到休息室里冲一杯热咖啡，决定熬夜赶出三个新颖的作品。

专心致志的时光总是过得特别快，当她埋头苦干到困意来袭，才发现已经是深夜一点了，只是设计的图样才进行到第二个。

夏栀为自己打气，将手边的咖啡喝干，起身离开到休息室又重新煮一杯，待她回来的时候，眼睛的余光瞥见一抹影子进入了岚凌的办公室。

半夜三更，寂静无人，夏栀只当自己的眼花，不愿意疑神疑鬼，但听见岚凌办公室里传来拉动椅子的声音时，夏栀心里急窜出来的危险信号，让她的大脑一瞬间空白，脊背被冷汗浸透，传来的凉意召回她几丝理智，客观地分析如果是歹徒应该隐藏在暗处才更有利于行动，如此招摇过市可不是明智之举。

这样的想法让夏栀慌乱的心得到轻微的安定，在没有确定之前，她放轻脚步悄悄地朝着岚凌办公室方向移动，一探究竟。

却不想里面的人突然走出来，险些与她撞个满怀。

"哟。"来人也被夏栀的出现引出惊诧的语气，在刺眼的灯光下并不难分辨出彼此的样貌。

在接近深夜两点的时刻，浪漫的童话故事早就落下帷幕，故事中的灰姑娘也已经沉沉睡去并且打着惊天动地的呼噜声。

因此夏栀不敢相信，她认为最不可能出现的人，就站在她的面前。

沈欧英俊的脸上浮起一丝笑意，黑蓝色笔挺的西装将他的疲倦衬托出一种美意："在加班？"

"没办法，完不成我怕岚总监将我游街示众。"夏栀故作调侃的姿态，"沈总怎么这时候过来了？"

"刚下飞机，处理一些事情。"他拿着岚凌事先放好的文件，朝着自己的办公室走去，"你忙你的，早点儿做完早点儿回家。"

夏栀看着沈欧走进办公室，她还没能适应当下的情景，什么在心扉浮起又沉落，灯光依旧明亮，空气依旧寂静，一切都没有任何变化。那么是什么在她的心里不甘心地想要长出脆嫩的小脑袋，试图探望这个世界呢？

她将自己手中的咖啡杯放回办公桌上，又回休息室重新煮一杯，不加糖只放奶油球，她一直记得沈欧的口味。

走进办公室，夏栀无声地将咖啡放在沈欧的桌上，沈欧注意到并且抬眸看她，她施以微笑，动作流畅自然，温热的咖啡恰如其分烘暖彼此之间的距离。

"谢谢。"沈欧肃冷的俊脸上，浮动着若有若无的笑意。

回到自己的座位上像重置原点，夏栀看着自己面前的构思，将思绪收回，再无想其他，安心设计，一晃又过了两个小时。

蛰伏于暗夜的晨曦，还没有苏醒，夏栀校对自己的理念，整理好文案，放在岚凌的办公桌上。

经过一宿的工作，夏栀觉得浑身每个关节都处于紧绷的状态，她伸了一个大大的懒腰，险些打到走过来的沈欧。

"要不要去吃点儿东西。"沈欧双手插入口袋，面色和缓。

夏栀来不及答复，沈欧便对她说："这次不许再拒绝，我有话对你说。"

凌晨四点钟，选择餐厅的余地并不多，只有一些二十四小时营业的便利店与快餐店，沈欧便打算邀请夏栀去他的公寓，让陈姨为他们做一些。

夏栀想起当初喝醉酒在沈欧家发生的一切，至今还耿耿于怀，便说："我想到一家不错的店，要不要去试试？"

狭小拥挤的桌椅，并不算干净的环境，装饰丰富却陈旧的摆设，老板是很朴实的乡镇人，煮面的手艺在这里小有名气。

夏栀坐在这里，比坐在高档餐厅里要自在轻松许多，相比之下的沈欧，就显得与此处格格不入。

两碗热腾腾的拉面端上来，夏栀将筷子递给沈欧，他轻笑接过，没有对其质疑卫生的程度，大口吃面的动作让人觉得亲近，又不失他独有的风度与贵气。

夏栀忽然出了神，觉得这样优秀的男人，有哪个女人不爱慕，成为 S 大的男神，他确实不容置疑。

沈欧在吃饭的时候不会多语，这也体现了他受过很严格的教育。餐桌前显得极为安静，在凌晨五点钟的时候，冬日的严寒好似将天空都冻住了，如墨的夜色像一块巨大的黑曜石，默默地散发着莹透的暗光。

离开面馆的时候，沈欧开车送夏栀回去，只是这个时间女生公寓还没有开门，夏栀坐在副驾驶上，纠结自己该去哪里。

"夏栀。"

"嗯？"

沈欧将车子停在一个空旷的路边，街道上只有三两辆车行驶而过，夏栀凝望着渐渐染成青蓝色的夜幕，知道黎明即将来临。

她还在等着他的话语，却发现是一个深远的寂静，回头的刹那，她见到他的眼里满是璀璨的星光。

"我做不到。"沈欧温暖的手掌轻轻贴抚着夏栀的脸颊，这动作亲昵暧昧，让她险些忘记呼吸。

"那些关于我们的帖子，以前的已经删除，以后也不会再有，可是——"他留下一个长长的尾音，长到像一列呼啸而过的火车，迎面而来是无法躲避的疾风，将夏栀的心间吹出皱褶，擦身过后留下空荡荡的铁轨，无声息地等待着。

"可是，不想你，我做不到。"

夏栀不语地看着他，沈欧的眼中满是柔情，仿佛暖心的流水，一滴滴落入她的眼中。她不想被这蒙眬的美好所迷惑，手指甲渐渐嵌入肉里，想通过疼痛让她感到一点儿真实的清晰。

"夏栀，我想你。"

夏栀，我想你。

最后的清醒在这句话里，在时隔两个月的光阴里，在无数次将思念的否决里，无法挽救地渐渐坠落。

那丝丝绕绕一点点深入的喜欢，那试图扯断却渐渐黏合的好感，在这一刻，在夏栀的心间，不顾一切地迸发。

是什么理由呢？会有什么样的理由？夏栀一直都坚信，任何事情都有原因，可是爱情，缘分，来了它就是来了，似乎只要在某一刻，你站在这里，就会迎接上天早已安排的恩赐。

喜欢就是喜欢，也许根本不需要理由，遇见就是遇见，因为彼此注定的缘分。

当破晓来临，照亮整个天空，夜幕像垂落的纱幔，无影无踪。夏栀看着第一缕金灿灿的朝阳，在他们停靠的长街尽头，散发骄傲的光芒，恍如死寂之后的重生，人生一切悲欢离合，都变得微不足道。

只是夏栀悸动之后终于恢复平静的内心，在这道光芒渐渐升起之后，却在缓缓下沉。

"对不起。"她终究没能走出这一步，打开车门背对着朝阳离去。

沈欧坐在车内，望着后视镜里夏栀的背影，脸上飞扬的期许，也在这一刻缓缓消失了。

疼痛挑战着郑薇柒每一根头部神经，她不舒服地呻吟一声，翻身之时感觉浑身酸麻，像被谁点到了麻筋，多动一下都觉得疲惫。可也因此让她睡意全无，她睁开茫然的双眼，瞧着自己正躺在陌生的房间，温暖的棉被将她包裹，但这样的温度仿佛还不够，有一只贪婪的大手又将她紧揽在怀。

像是被一盆雪水从头顶浇灌下来，刺心的冰凉惹得身体阵阵打战。郑薇柒不仅困意彻底消失，还多了几分惊慌，转头时她的鼻尖距离高盛的鼻尖只差几毫米。

阳光惬意而散漫地伸进他们的房间，将两个人脸上的尴尬覆上一层薄薄的光，反倒在空气紧致的暧昧里，呈现出一种忽远忽近的答案。

郑薇柒只觉得窒息，动作极速地抓过被子将自己裹起来，露出光洁的肩膀丝毫不减性感。她惊讶万分地看着面前的高盛，开口道："我们，你，我们怎么回事？"

"昨晚好像喝多了呢。"高盛揉了揉自己蓬松的头发，长期健身带来的美好线条暴露在郑薇柒的眼底，让她瞬间红了脸。

记忆在脑海里翻江倒海，在夏栀离开KTV时，高盛追她到大门口，心里依然有什么在继续怂恿他，他说："栀子，我送你过去吧？"

"不，不用了。"夏栀的脸上写满礼貌的淡漠，将高盛拒之千里，她拦下一辆出租车，回眸一笑，"高盛，很多事情应该学会放下，我们都不一样了，不是吗？也许转身之时，你会看见阳光就在身后。"

追他们出来的郑薇柒，因为距离较远，没有听清楚夏栀的话语，却见到高盛回头，凝视自己的时候，眼神充满难以辨解的情绪。

"包厢里怪闷的，要不要去个安静一些的地方喝一杯？"郑薇柒甜美的笑意是她最自信的招牌，她看得出夏栀对高盛的冷漠，也看得见高盛对夏栀的失落。而一个男人最容易倒在另一个女人的怀里，是他的失意，和她的温柔。

这一切不过是郑薇柒的精心策划，当高盛同意的那一刻开始，便一步步掉进了她温柔的漩涡。

酒吧里充满微醺的醉意，郑薇柒故作朋友的姿态与高盛碰杯："瞧你，怎么无精打采的，因为什么，是不是夏栀？"

高盛轻轻一笑，将空白留得自然，并投以拒绝回答的姿态。

郑薇柒不以为意，为他倒上一杯酒，仿佛只是气氛刚好，无聊地闲谈。

"我认识夏栀这两年，觉得她确实是个好女孩，只是在感情方面，总是掩藏得很深，若不是——"她举起酒杯，享受地喝下，看似不经意的举动，将悬念控制得恰到好处。

"因为什么？"高盛面对夏栀的事情，总是特别没有抵抗力。

"其实她自己没有说过，可是最近我们都有察觉，她看手机的频率越来越多，无意间被我发现，她总是盯着沈欧的微信名片发呆。"郑薇柒内心黑色的花朵，闪烁妖娆的光泽。

高盛握酒杯的动作微微用力，眼中的黯然遮掩不住，郑薇柒仔细观察他的神情，假装不知道地感叹："夏栀真的很幸运，沈欧可谓S大男神，多少女孩子芳心暗许，不过这也是必然的结果，毕竟夏栀也足够优秀。"

"那你呢？"高盛突然话锋急转，"你有没有喜欢的人？他喜欢你吗？"

郑薇柒脸上近似珠光亮丽的笑容一下子全部消失，委屈如同暴雨天气下坍塌的泥石流将她整个心房重重吞没，闷疼的感觉逼她险些掉下眼泪。

"有，可是他喜欢别人。"她的红唇几乎要颤抖，"我喜欢他很久了，可是他喜欢别人也很久了。"

"那么他现在跟他喜欢的人在一起了？"高盛提出的疑问，像个寻找慰藉自己的答案，又像是对郑薇柒的一种试探。

郑薇柒紧紧抿唇，一口喝干酒杯里的蓝色液体："并没有，他喜欢的人不喜欢他。"

高盛得到这个答案，眼中多了些许察觉的光芒，他曾经有过怀疑，也曾经有过设想，但郑薇柒的话语，终于让一切都尘埃落定。

原来他没有记错那个夕阳下穿红裙的女孩，原来他没有误会她对自己的情意，原来这一切就像一场戏剧性的追逐，她爱着他，他却爱着夏栀。

黑夜总是能将想要隐藏的一切掩盖得很好，总是能将想要揭露的一切蒙上层层撩人的魅色。

也许是酒精催发的作用，也许是心事深藏的太久终于忍受不了寂寞。酒店的灯光将气氛渲染出一种升华的暧昧，酒不醉人人自醉，鼓动着浮燥的心，想要做点儿什么。

是的，一切都那样浑然天成，如同水热了会沸腾，冷了会结冰一样自然，若做出什么突兀的逆行，反倒觉得刻意破坏。高盛遵循着这无限向前的暧昧指引，薄唇轻轻吻了郑薇柒，手指轻轻地退掉了她的裙衫。

待一切结束，最后一滴酒精随着时间与朝阳挥发殆尽，剩下激情过后的疲倦与重新拾起的平静，能否在这样的空间里，找到一丝蛛丝马迹，证明爱情，曾经来过。

郑薇柒在高盛满是愧疚的眼光里，终于失望了。强颜欢笑，大抵是形容她此刻的表情，她失落地笑着说："没关系，我不会逼你负责的。"

9.

　　S 大的清晨，充满阳光雨露的清新，寒冷的冬季在疯狂席卷这座城市之后，终于露出了要离开的痕迹。立春刚过，年关将至，夏栀翻看着墙壁上的日历，忽然感受到时间确实就像眨眼的流星，瞬间就逝去了。

　　她拒绝沈欧之后，即使是在芙蕾公司，也不曾见过一面，听说他在天星总部与杨副总交接工作，去美国发展的传言已经坐实。

　　那么他为什么还要说那些话，既然离别已经注定，夏栀不能理解，也不愿再深究，她该庆幸自己当初的决断，否则如何摆脱思念之苦，像梦魇一样纠缠，可是心底的不甘，随意地贴在她的每寸呼吸里，甩也甩不掉。

　　公寓的门突然被推开，夏栀看见萌萌脸上的异样，之所以说"异样"，不仅限于她痛哭流涕的表情，还有她左半边的脸颊上，一道鲜红的掌印，连带着被人扯乱的头发，引人联想事情发生时场面激烈的程度。

　　萌萌见到夏栀，毫不犹豫地扑到她的怀里，号啕大哭，含糊不清地说："这叫什么事啊！为什么偏偏我这么倒霉，她凭什么打我，我才是受害者，我才最委屈！"

　　夏栀被她的拥抱差点儿重心不稳地向后倒去，好在她倚靠着身后的沙发找到一点儿平衡，她将萌萌的脸捧起，重重的红色手掌印迹显得滑稽可笑又丢出令人心疼的委屈。夏栀柔和地问："谁把你打成这样的？发生了什么事？"

　　萌萌一动不动地抽泣着，刚要说些什么，到嘴边的话语追赶不上泪水的速度，并将其吞没。

　　夏栀见她只是哭，便让她坐到沙发上，自己去拿热毛巾轻轻为萌萌敷脸，帮她打理乱糟糟的头发。

　　她知道萌萌一定要哭够了，才会稍微平复情绪与她讲话。高中时期两个人就在一起，一向善良的萌萌，遭到女同学的嫉妒与冷嘲时，她总是先给人以反击，随后再悄悄地排遣自己的委屈，夏栀一直都觉得萌萌的世界，永远是亮丽的善与美。

　　每当萌萌受了委屈，夏栀总是默默地陪伴在她的身边，平时两个人又打又闹，也会忙到没空理对方，可是一旦有谁出了事儿，彼此一定会第一时间守护对方，也许这便是最真的友情。

　　夏栀见萌萌的雷阵雨终于出现收尾的声势，她递过去一杯温水，试图温暖萌萌的心。她轻声说："什么委屈一定要说出来，别憋在心里。"

　　萌萌喝下温水之后情绪终于安定了下来，胖乎乎的小手用毛巾擦掉自己的泪水，可眼眶还是湿润润的，她斗志昂扬地说："你说她凭什么那么趾高气扬的，所谓不知者不罪，明明我也是受害者，怎么就成了第三者？更何况如果他不爱了，她最多是个前女友，前女友有什么资格对我大打出手！"

　　萌萌的阐述让夏栀顿时三观混乱，连忙止住她继续的"语无伦次"，问："什么叫你成了第三者？你抢了别人的男朋友？"

"什么第三者，我根本就不知道他有女朋友，而且明明是他追的我。"萌萌逐渐恢复她原本的状态，双手理直气壮地叉腰，"就算我对他有些好感，可是我也不知道他有女朋友啊！"

在萌萌细致到连曾经眼前飞过一只苍蝇都不放过的讲述里，她只不过在一场期待中等到了所想要的爱情，在暗恋的男生向她表白的那一刻，萌萌觉得自己掉在了幸福的气泡里。

她与男生刚确定关系，还没来得及与夏栀分享这份喜悦，就被男生的女友当即一个火辣辣的巴掌打碎了美梦。

"你说，他居然是个脚踏两只船的渣男，我怎么就瞎了眼，看上他了呢？"

夏栀还在回味着萌萌被掴掌而引发与女生的厮打大战，场面壮观到引来路人甲乙丙丁纷纷侧目，可萌萌却已经不以为然地将其翻篇，开始对她看走眼的渣男进行激昂地批斗。

"你说说，他是不是西门庆转世，怎么能做出这种丧尽天良的事情！还想吃着碗里的占着锅里的？不怕撑死吗？既然有女朋友，还跟我这儿眉来眼去的，不怕长鸡眼吗？"

"鸡眼好像长在脚上吧？"夏栀险些要笑出声了。

"像他这种人，长在眼睛上也不稀奇。"萌萌宣泄着心里的火气，"我平生最讨厌这种朝三暮四的人，就算两个人最后不能在一起，也不要关系还没破裂就心猿意马啊，真不怕最后像西门庆一样的报应吗？"

"西门庆最后什么报应？"

"当然是精尽而亡了！像西门庆这种人能有什么好下场。"萌萌将擦鼻涕的手纸狠狠地朝着纸篓里丢去。

"说得好像你是潘金莲，你又没跟他怎么样。"夏栀哭笑不得。

"我真感谢他女朋友的出现，不然我还被蒙在鼓里，搞不好真成了潘金莲第二了。"萌萌虽然做事易冲动，但是对于感情，她眼中从来容不下一粒沙子，两个人若在一起，忠心永远是第一位，"当然我那小暴脾气，换作他女友现在应该更惨。"

"可以想象。"夏栀非常了解，以萌萌的打架功底，谁都不敢随便招惹她。

西面的卧室门被打开，郑薇柒穿着平常她最爱的黑色蕾丝睡衣，天生丽质的脸颊上顶着一双水肿的黑眼圈，有些颓意。

夏栀刚刚安抚完萌萌，眼下见到郑薇柒的状态，只觉得最近公寓里像被上帝设下魔咒一般，连连发生不愉快的事情。

她见到郑薇柒默默地在桌子前喝水，想要上前关心，没想到郑薇柒先开了口："我是不是特别丑？"

萌萌强大的内心也让她很快忘记了上一秒的不愉快，哪怕左脸上的红印没有褪去，这并不影响她关心朋友的心情，她非常直白地坦诚道："确实不好看。"

郑薇柒一向爱美如命，以前的她如果听见谁说她"不漂亮""不好看"，她一定会痛哭流涕，可是眼下的她，只是轻轻地笑了，笑容里带着自嘲、失落、哀伤的意味，惹人怜惜，"是吧，我也这么觉得，可是为什么就是管不住自己，总是想要掉眼泪。"

夏栀想都不用想，就知道一定是高盛伤了郑薇柒，只是在这件事情上，多少与她有些牵扯，因此不敢去询问缘由，怕是揭露的伤口只会让郑薇柒更疼痛。

"薇柒，你怎么了？"萌萌自然没有想到这么多，一面用热毛巾敷脸一面实施她的关切。

郑薇柒注意到萌萌脸上的红肿，两个人被"同病相怜"迅速拉近关系，她反问萌萌的情况，萌萌好似经历了一场伟大的革命壮举而不是一次看似壮观的闹剧，用抑扬顿挫的语气对郑薇柒重新讲述一遍"渣男脚踏两只船，女友出现扇耳光"的戏码。

"什么？！她居然敢打你，也不看看我郑薇柒的朋友能随便动吗？"郑薇柒很明显被萌萌的故事吸引了，暂时忘记了自己刚刚还全身心投入梨花带雨的悲情女主角这回事，"她是哪个系的，还有那个渣男，萌萌你想让他们怎么死，跟我说一声，只要你开心。"郑薇柒又恢复了自信的她。

坐在沙发上沉默的夏栀，终于被郑薇柒的话"扑哧"一声逗笑了："难不成你还将他们浸猪笼丢到大海里去吗？"

虽然是非常细小的神情，可是夏栀还是看到郑薇柒眼底的黯然，萌萌笑着摆摆手说："哎，我都释怀了，以后跟他断了就好，薇柒你这大动干戈也太把他们当回事了。"

夏栀就是喜欢这样的萌萌，宽恕别人，其实也是放过自己。与其不依不饶痛苦不堪，不如当成流云随风而散，自己依旧可以快乐前行。

"倒是你，怎么哭成这样了，眼睛都肿了，你不会一晚上没睡吧？"萌萌将话题转回到郑薇柒身上。

"我没事，只是因为失眠就哭了一场。"郑薇柒轻描淡写地解释，萌萌眼角瞥到一语不发的夏栀，见她的神情有些严肃，再笨的人也该有所了然。

　　萌萌借洗澡为由离开，直到浴室里面传出哗啦啦的水声，郑薇柒脸上的神采全部失去颜色，语气也略显低落，"夏栀，我有话想说，能到我房间来吗？"

　　夏栀一直在等她说这句话，她说："好。"

　　很多事情，都是毁在"我以为"。我以为今天不会下雨，结果走到半路被瓢泼大雨淋成落汤鸡；我以为在网上看中的裙子刚好合身，结果只能套进一条腿；我以为这次的工程时间足够富裕可以喝几杯清茶，结果工期将近时连夜加班差点儿过劳而死。

　　"以为"的事情大多来自主观诱导，太过个人色彩而缺少客观分析，但是很多小事情上的"以为"也无伤大雅，无非在此之后要做出对应的弥补和弱小的代价。

　　但是面对感情的时候，出现"我以为"未免太不够理智，也难免会掉入自己一厢情愿的漩涡中。我以为他会想我，其实他早就抛在脑后；我以为他会等我，其实他放过很多次鸽子；我以为他是喜欢我的，其实他不过是想搞搞暧昧而已。往往到最后，这样的一厢情愿，也只不过是场自己编织的梦，却换得真实的伤痛，久久不散。

　　而郑薇柒的"我以为"更加严重，以为彼此发生了不寻常的关系，以为他会因此真正地注视自己，以为他会在自己说"没关系，我不会要你负责"后有所内疚，又觉得她是个善良女孩，从而想要对她担起责任。然而这些不过是郑薇柒的假想，倒是有一点让她猜对了，便是高盛的愧疚，但这种愧疚不足以让他停留，反而加快了他的脚步，在说出那句"对不起"之后，无情地逃离了现场。

　　"你怎么能这么傻。"夏栀尝到了什么叫无能为力的安慰，她看着坐在床上的郑薇柒，因为彻夜未眠而显得苍白的脸，单薄得像一片随风吹走的落叶。

清晨的阳光从紫色窗纱透过来，染上一层层迷雾般的淡紫，充满浪漫又忧郁的视觉感，夏栀走过去将窗户打开，让一股冷冽的晨风灌进来，释放着最明媚的光芒。

"别开窗户，好冷。"郑薇柒只穿着薄薄的蕾丝。

"我想让你清醒清醒。"夏栀还是被担心折服，将窗户关上，只拉开了窗帘。

"呵，清醒了又能怎样呢？事情已经发生过了。"郑薇柒完全自暴自弃的状态。

"所以呢？你打算一直这样下去？每天哭到天亮，又带着悲伤睡去？然后浑浑噩噩地不知何年何月，这样自艾自怜下去吗？"

夏栀不愿看见郑薇柒失去她曾经的艳丽，失去她曾经的自信，也失去她曾经的骄傲。

"以前的你无论发生什么事情，从来都不会被打败，从来不会抛弃自己，如今为什么要因为一个不爱你的人，变成现在这个样子？值得吗？他值得你如此吗？"

"夏栀，你爱过一个人吗？"

郑薇柒轻颤的睫毛上还沾着湿润的水泽，没有美妆的修饰，她更显得楚楚可怜。"你有没有爱过一人，感觉整个世界都是他，感觉心里只有他，感觉自己总是迫不及待地想见他，无法抑制地想念他。"她的目光里满是对爱的期望，与现实打落的失望，"你有没有因为一个人，只想全心全意地付出，希望有一天能够打动他，希望两个人能够走一段美好的路程，即使没有结果，你也甘愿飞蛾扑火。

你有过吗？夏栀。"

你有过吗？爱得那样彻底，不顾一切，只想与他在一起，真的有过吗？夏栀在心里反问自己，内心得到的答案多么空白，像一片苍茫大地，荒凉到只有风与沙尘，看不到任何希望与光亮。

"没有，我没有爱过任何人。"夏栀眼中是她一如既往的理智，此时此刻这理智难免刻画出冷漠无情的意味。

"所以呢，你不能明白我的心情，你对谁都是这样冷静的样子。面对高盛的关怀，也用无情来回报，夏栀，你的心是冷的吧？"

"对于爱情，我确实没有经历过，也不能体会你的心境，可是正因为如此，面对高盛我更应该决断，这才是对他最好的选择，我不能给他所想要的，我应该选择离开。"

窗外透进来的阳光正一点点地爬上夏栀的脸颊，她的神情在光芒中仿佛镀上一层淡雅的美，她沉静、理智，无论何时都自持优雅，这与生俱来的品格，让她无法在人前失落、哭泣或崩溃，也许因为如此才会被人误解成无情。

"虽然我没有遇见爱情，可我一直坚信，爱情不应该让人变得卑微。爱，应该是对等的、是公平的、是相互的，不应该只是一味地付出与索取，这是不对的。"

她轻轻地抚摩着郑薇桼的头，让她靠向自己的肩膀。

"爱情终究是缘分，我们经营不来，我们只有经营好自己，才不负生活。"

郑薇桼在这些话语里，难过地哭了起来，但是她并不是在为过去感到悔恨、不甘，而是默默地告诉自己，该放弃了，放弃眼下这些执着。

10.

　　因为分享心事，夏栀在那天夜里，与郑薇柒睡在同一间房间里，丁香花形状的床头灯，将静谧的夜晚装点着暖意。郑薇柒将头靠在夏栀的肩上，两个人共用一张棉被，摆好最信任的角度，彼此紧紧相依。

　　"夏栀，其实我有过怨恨。"郑薇柒湿润的眼眶里，闪着莹莹的光，"为什么你总是比我早一步，早一步遇见他，早一步成为朋友，更早一步让他爱上你。"

　　"我懂得。"夏栀的手指，顺着郑薇柒的长发抚摩，"只是薇柒，如此只会增加你的痛苦，有些东西强求不来，何必执着。"

　　郑薇柒定定地凝视着窗外的星空，城市的灯光闪耀，将最璀璨的星光都掩去，只剩下灰蒙蒙的夜，孤寂无边。

　　"孟季离开的时候，你有没有难过？不会觉得这个世界再无颜色，只剩下蒙蒙的灰黑吗？"

　　"不会，也许他终究不是我心底的那个人。"

　　"你心底的那个人是不是沈欧？"

　　"我不知道。"

　　"夏栀，你知不知道我很佩服你的执着，只要你认定的事情，你总是会通过努力实现。"郑薇柒垂眸，脸颊上晶莹的泪珠中像个遗落在银河的珍珠。

夏栀凝视着窗外泛着古旧气息的路灯，偶尔零星的雨雪飘落，悄无声息。她听见郑薇柒声音中没有失去的甜美，与混合着忧伤的沙哑，越发觉得她的心情支离破碎。

"可是在爱情方面，你真的很犹豫，非常犹豫，不爱的人你很清楚，可是面对爱的人，你总是很模糊，甚至是在逃避。"她离开夏栀的肩，将手握过去，"夏栀，是什么让你这样退缩？"

夏栀沉默良久，面对爱情，是不可控制的因素，它来自心灵、感知和缘分，不是可以靠执着与努力，就可以把握的。

可偏偏在心底总会浮现假设的命题，夏栀多次在休息室里冲着咖啡，她的目光投向落地窗外的黄昏，街景被蒙上一层柔和的色调，让人心绪无意识地游荡。

假设的事情，从来都是虚无的；如果的事情，也终将不能改变什么。但是自己的心不会说谎，无法说谎，它总是一遍遍地对自己寻求某种认证，一遍遍地制造某种假设与如果。

假设当初在那个美好的清晨，听沈欧说完他要说的话，会怎样？

如果当初在那个金灿灿的光芒里，自己没有拒绝他，而是告诉他"我也想你"，又会怎样？

即便一次次去寻索和疑问，但是事情已经过去，人生不能重来，只有一个结果，而假设与如果，除了徒添烦恼，任何局面都无力回转。

夏栀不想在这种已成定局的事情上浪费精力，可在那次清晨之后，在半个月的忙碌之中，她没有再见到沈欧的身影，也渐渐了解到自己的内心浮起难以解释的情愫，叫作失落。

窗外的雨雪还在继续，气温也随着立春的到来渐渐不再那么寒冷如冰，夏栀往被子里缩了缩，可以闻见郑薇柒身上香甜的玫瑰香气，她说："也许对于感情，执着也不一定能够得到，所以顺其自然岂不是更好。"

接着，她用手指戳了戳郑薇柒白皙的手臂："高盛不懂得珍惜你这样好的女孩，是他的损失，该哭的人是他才对。"

郑薇柒破涕而笑："照你这么说，我只是失去了一个不爱我的人，其实我应该庆祝才对。"

"当然，周末我请客吃饭，如何？"夏栀大方地发出邀请。

郑薇柒搂着夏栀："最好莫过姐妹啊！"

女生之间的友谊就是这样，很容易误会，很容易争执，却也很容易就将误会解开，和好如初，一点点小事都有可能互相嫌弃，可也是一点点关爱就让对方互相感激。真正的友情，不是没有过伤害，而是在伤害之后，我们还能握手言和，相亲相爱。

墙上的时钟指针已经指到了十二点的方向，虽然灰姑娘的浪漫童话并未上演，但是也要草草谢幕关灯睡觉了。在这之前，郑薇柒床头的手机响起了微信的提示音，打开发现来信人是她心里割舍不下的名字。

高盛投递的对话框里，只有简短的三个字：对不起。

郑薇柒仿佛在这三个字里，看到了彻底的、绝情的、再无生机的摆脱，是他对她的摆脱，也是她对自己的解脱。

生活就是这样，平平淡淡总会觉得太过乏味，上帝充满趣味的大手就喜欢拿起他餐桌前各种口味的调味品，在你身上惬意挥洒，毫不吝啬，要多大方就有多大方。

因此，夏栀刚刚设计好的图样纸，被她不留神碰翻的咖啡添加了几分抽象美的恣意，顺带着骨质瓷的咖啡杯一气呵成落下并成功地碎裂在地面上。

这一阵响动引起身边人的注意，舒怡均上前查探，帮夏栀将地上的咖啡杯碎片捡起来。夏栀不动声色，对她莞尔一笑，两个人将地面上收拾好，再去看那份早已无法挽救的设计图，除了叹息，就只能重新设计。

舒怡均去了休息室，用纸杯盛的咖啡放在夏栀的桌上，夏栀对她回以"谢谢"，并将咖啡色的设计图纸丢进垃圾桶里。

"这没什么，怎么说上次关于星座主题的问题，也有我的责任，却是你熬夜解决的，不是吗？"舒怡均的笑容太过亲切，根本不用稽考这里面有多少真心，又是否带着几许酸意。

毕竟那次"十二星座"主题设计，虽然是舒怡均与夏栀的问题，但是夏栀一个人熬夜完成了三个图样的重造，因此得到了岚凌的赏识，认为她是个高效率的优秀设计师。如果当时舒怡均也参与其中，说不定事情就不会是现在这样。

"既然咱们是一组的，无论是谁的问题都该共同承担，再说我也有责任。"夏栀从来不喜欢与人出现任何矛盾与嫌隙，这样会让她内心产生不和谐的落寞，"这次'花愿'的设计，岚总监可是很看好你呢，加油！"

舒怡均只是笑笑，转身埋头做自己的工作，夏栀并没有看到背对着她的舒怡均，在草稿纸上不停地画着乱如麻的圈圈。

以为碎了咖啡杯这样的小风波应该已经过去，却没有想到这只是一个开始。

在工作上她一向严谨行事，却还是将递给岚凌的设计图拿错了，或者开会期间放错了同事要的咖啡口味，这些无伤大雅但也难免会觉得窘迫。待回到学校公寓烧开水时，结果直接去摸滚热的壶盖而烫到了手指，或者洗头的时候，直接把沐浴露当成洗发液，开打淋浴想要冲洗却发现竟然停了水等一系列"不走运"的事情发生。夏栀觉得仅剩的一点儿克制她发疯的理智濒临崩盘。

萌萌仰面大笑险些休克过去："我说栀子，你没把搓脚盐当洗发液用就不错啦，起码沐浴露还是很滋润的。"

"趁我没有发火，把你扔出窗外之前，赶紧给我闭上嘴。"夏栀顶着一头混合着沐浴露的湿发，虽然裹着浴巾，但并不妨碍空气里弥漫出玫瑰花的香气。

萌萌对于夏栀的威胁视若无睹，继续她肆无忌惮的笑意："栀子，你也有今天。"

"喂，再大笑一点儿，鼻孔都外翻了，信不信我拍下来发给你的男神啊？"

"求之不得，他一定会对我印象深刻的。"萌萌摆出无所谓的态度，"倒是你，你说如果我把这件事告诉给沈欧，他会是什么反应？好期待啊。"

这就是最佳损友的坏处，在可以嘲笑你的时候，总是毫不客气地嘲笑，还能给予适当的回击，却让你生不起气来，虽然夏栀涨红着脸很想发飙。

"跟他有什么关系，我们都不联系了。"

"说明以前总联系哦！"

"更没有。"夏栀直接否定，直到哗啦啦的水声从厨房的水池里传出来，她像是得到解救的钥匙，几乎狂奔进浴室，身后尾随着萌萌的笑意。

温热的水花喷洒在夏栀的身上，让她清醒地反省自己最近的状态总是心不在焉，而这心不在焉的来源与起始，是她不想再去触碰的领地。

已经一个多月没见了，见了又能怎样呢？既然已经成定局，就没有必要再去纠结。夏栀心里反复思量从中得以制衡的定义，在一遍遍不由自主地想起某个身影的时候，最终得到否定的结果以便压制心中欲望的需索。

她并不想让自己沦陷在无果的想象中，这太不理智，这不是她的作风。面对爱情，她确实没有勇气迈出那一步，何况那个英俊挺拔的身影，站在峰巅之上散发着耀眼的光芒。她不确定自己能否靠近他，这不是两个人相拥就能解决的距离。

春节将尽，天际传来断断续续的爆竹声，S大学院已经开始放假，学院里难得的空旷与寂静，公寓里的女孩们大部分已经奔赴回家的路，只剩下少部分人留在公寓里。夏栀坐在窗台前，目送楼下拖着行李回老家的萌萌，郑柒薇开了跑车，送她去火车站。

咖啡还在杯子里散发着热度，友人已经渐行渐远。

一张卡片在窗台上静静地躺着，澄澈的阳光将金色花边打出充满质感的光泽，这是芙蕾公司的终年庆典邀请卡，夏栀是唯一一个受邀请的实习员工。

"天哪，夏栀，真的好羡慕你。"

"终年庆典的邀请卡哎，每个旗下公司的名额有限，夏栀，你是实习员工能够参加，不知道是多大的荣幸呢！"

"听说终年庆典不仅仅是天星集团的员工参加，还会有上流贵族，搞不好会遇见心仪的高富帅。"

夏栀收到这份邀请卡的时候，同事们纷纷投以羡慕的眼光，感叹或遐想，但是对于夏栀来说，她并不是特别想去。

如果去了，一定会见到他吧！这么重大的场合，他怎么会不出现呢？

想起他的时候，她的内心就会这样没有理由地发生微妙的变化，像是被弹力极好的皮筋勒紧又松开。

"祝贺你，夏栀。"舒怡均还是那样亲和地笑着，投递给夏栀真诚的祝福，"能够参加终年庆典，都是具有一定实力和被认可的人。所以，夏栀，这是对你能力的一种肯定。"

"相信明年你也会收到邀请的。"夏栀回以鼓励。

"借你吉言。"舒怡均笑得明媚，身后的垃圾桶里是她撕碎的纸张。

夏栀看着静静地躺在窗台上的卡片，犹豫很久。镀金花纹似乎在嘲笑她的傻气，只是去参加一个庆典，何必这般反复纠结。夏栀不得不纠结，尤其在面对她不能把握的环境时，何况还是面对她不知所措的人。

她还是站在了邀请卡上所写的酒店门口，夜色深浓，衬托得酒店大厅的灯光越发明亮。夏栀穿着一身白色长裙，简单素雅，只施薄薄的淡妆，在这个雪花纷飞的寒冬里，她已经是夏季中初绽的栀子花，清雅美丽。

高跟鞋踩在大理石阶梯上，发出悦耳的优雅声响，从开始极不适应这样的高度，到如今的淡然自如，夏栀想要做到的事情，从来不会有所气馁。

推开大门，一场华丽的宴会在夜色与酒香中旋转。夏栀率先找到岚凌，与她打招呼，岚凌面露微笑，带她认识了几个合作方。酒杯交错，夏栀一直礼貌地碰杯，却不敢喝一口，生怕自己会在这样隆重的场合出什么差错，她还不想所有人对她留下深刻的印象。

若有若无的视线，飘过一盏盏闪耀的灯光，飘过浪漫的烛火，飘过憧憧人影，心里有一股难以控制的念头，指引夏栀的眼睛在一次次看似毫不经意却准确地搜索中，寻找沈欧的身影，但屡屡失败。

空暇期间，岚凌与她闲聊起来，夏栀有意无意地将话题试图引向她想要的信息。

"真的很荣幸参加终年庆典呢！"

"是吗？不过这不意外。"岚凌将手中一杯干红喝尽，她的酒量一向很好。

"这次宴会由杨副总主持吗？"夏栀说这句话的时候，怕太过直接，内心的试探生怕被人察觉。

"不是啊，沈总在。"岚凌对夏栀的疑问根本没往心里去，倒是看着她手中未减半分的香槟，"你怎么不喝？"

"我不会喝酒。"夏栀尴尬地笑笑，灯光就在此时暗了下来，衬托着讲台上绚丽的光线，所有人纷纷将目光投去。

沈欧西装革履，将他的身形展现完美，他在众人的注目下，步伐缓慢沉稳地走上了舞台。

夏栀在昏暗的角落里就这样默默地注视着几米之外的沈欧，她就好像黑暗如纱的夜，而他是璀璨耀眼的星，总是在令人敬仰的高度闪耀着光芒。

时隔近两个月，她终于再次见到他，在这样的场合，他在她达不到的高度。夏栀心里泛起的浪潮被沉静的暗夜吞没，她终于承认，这一刻见到他之后，自己真的很想念他。

沈欧演讲完，在一片掌声中走下台阶，他将目光放远，深邃的目光瞬间化成寻找目标的雷达，不过几秒钟之内便准确无误地发现了夏栀的位置。

对视的刹那，夏栀感觉到时间都静止了，唯一流动的是沈欧矫健的步伐。沈欧带着深意的目光，在她身上停留了短暂两秒钟，便转向了人群中。

宴会进行到尾声，夏栀将手中一滴未沾的香槟放在露台的餐桌上，拿起自己挑选的食物填饱肚子。其实她有点儿口渴，可这里只有酒，找服务员要杯水到现在还没送过来，真是愁人。

露台朝着酒店后花园，因为冬日寒冷，便在花园上空搭起了玻璃天窗保暖，花园里暖如春日，池水潺潺，花团锦簇，在璀璨的灯火中景色宜人。

夏栀望着这片花园怔怔发呆，虽然是终年庆典，却给人感觉如同工作一般毫不轻松，终于熬到结束，她此时此刻只想让自己的大脑放空。

可是一些片段总是不肯消停下来，在她的脑海里如同幻灯片一遍遍地播放着，而那画面里的主角始终不变。他英气逼人，目光深邃，如同夜空里最璀璨的明星，那个眼神太过短暂，短暂到让夏栀以为是幻觉，以为他注视的人也许不是自己，或者他只是不经意地看到自己罢了。

我们之间的距离那样近，近到你就住在我心里，我们之间的距离那样远，远到同在一个时间和空间的点上，我却无法靠近你。

直到前一秒钟，夏栀还这样认为。而下一秒钟，沈欧带着他文质彬彬的气度，缓步走到露台，站在她的身边。

夏栀感受到空气凝滞的热度，缓缓敷在她的心口，因此让她的脸色看起来更红润，她轻启双唇，礼貌性地招呼："沈总。"

"宴会就要结束了，我们可以脱离工作关系了，叫我的名字吧。"沈欧目光柔和，给夏栀一杯红酒，"口渴吗？喝点儿。"

"谢谢。"对于渴到嗓子几乎冒出几缕青烟的夏栀，简直得到一杯仙露水，已经顾不得喝酒会不会醉的问题，迫不及待地一口喝干，发现自己好像没有什么反应，想来红酒是不太醉人的吧？于是又从旁边的小餐桌上拿了杯红酒。

沈欧此时电话响起，他接通电话，夏栀默默地看着他冷静地处理问题。在等待他通话的过程中，夏栀不自觉地又喝下几杯红酒，花园里暖色调的灯光投在她的脸上，散发着一种柔软人心的光泽，她五官精致，气质淡雅，身穿的白色长裙被光线打上朦胧感。沈欧静静地望着她，如同凝望一朵开在花园里的栀子花。

夏栀喝红酒的时候，不再想能否喝醉还是解决口渴，她只是觉得他在身边，周围的空气就散发着暧昧的气息，使他不由自主地产生紧张感。此时的她，好像只能用喝酒的动作来掩饰自己的内心。沈欧挂断电话，她赶忙看向远处的花园。

"这段时间过得好吗？"

在夏栀以为，寂静像个纱网将彼此包裹并投掷深夜的海渊时，沈欧的话语将其打碎。

"这次的邀请卡是岚凌为你申请的，你最近的表现值得褒奖。"

夏栀心里对岚凌充满感激，她微笑着说："不，我觉得还不够，至少我被剔除了在欧洲珠宝展会的名额，这是我的遗憾。"然后她突然疑惑地问，"不是说不谈工作上的事儿吗？"

"我只是希望你对我们的工作关系不要较真儿。"沈欧将胳膊搭在围栏上，"作为校友，或者朋友，也可以聊聊工作近况，不是吗？"

"可是——"夏栀心里的纠结重新登台，她无法与他像什么都没发生过一样。

沈欧看着她的神情变化，笑意收敛："那一次的道歉，我可还没说接受呢！"

夏栀抬起自己莹润的眸子，望着沈欧，意外于他的话语。

11.

上次分别之后，夏栀以为彼此画上了缘分的句号，没想到沈欧的话语，让一条岌岌可危的牵连重新绑紧。

"什么？"夏栀只觉得自己的大脑开始不受控制，她扶着护栏，迟钝的反应让她想要确认沈欧的意思。

"你的道歉，我不接受。"沈欧靠近她，笑容迷人，"夏栀，你最近好吗？"他亲昵地抚摩她乌黑的长发，"你知不知道我很想你。"

夏栀感觉自己的意识开始模糊，在理智的天灯没有熄灭时，她故作镇定地问："这红酒的度数不是不高吗？"

"这红酒是后劲儿足，我刚才就想提醒你这样喝，会醉的。"沈欧轻笑，随即不满，"不要打岔。"

夏栀欲哭无泪，渐渐迷糊的大脑却在这时候扯着一根清醒的神经，回味着刚刚沈欧的那句"我想你"的味道。

"我也想你。"夏栀已经被酒精彻底征服，她的态度忽然完全转变，让沈欧略怔了几秒钟。

"你说的是真的？"沈欧像个寻求认可的孩子一样，目光比花园的灯光还要柔亮，闪着希冀的光。

夏栀又傻傻地笑起来，她一旦醉了就会傻笑，而沈欧了解夏栀的性子，平常理智冷静的她，不会是这样的表情。

他靠近她，回忆忽然拉开遮挡的帘幕，似曾相识的画面浮现在他的面前，那是他们生平第一次产生交集，她也是这样傻乎乎地笑着，也是这样双眼迷离，脸颊绯红，她又醉了。

沈欧注视着眼前的夏栀，嘴角勾出一抹笑意："你醉后的模样，很傻，也很可爱。"

夏栀依旧笑着，已经有些站不稳，摇晃了几下，最终倒在沈欧的怀里，她闻见他身上的香气，一时间想不起来是哪种香味，却觉得很舒服，很想让人亲近，于是她手臂环上他的腰，令他背脊挺直。

"这酒量可真是稀有。"明明是嘲笑，语气里却塞满关怀，他大手用力，将夏栀整个人抱起来，看着时钟已经指向十一点，吩咐助理去开车，直接朝着自己的公寓驶去。

打开客厅的灯，干净整洁的室内轮廓清晰起来，沈欧将夏栀抱去卧室，脱掉她的鞋子打算为她盖被子，没想到夏栀忽然一把抱住沈欧，水灵灵的大眼睛时而迷朦时而清澈，她认出沈欧英俊的脸，笑了起来："我在做梦吗？一定是的。"

她又贪婪地钩住他的脖子，喃喃自语："可惜你永远不会知道，我有多想你。"

沈欧还没来得及消化掉这句话，薄唇已经被她嫣红饱满的双唇，严丝合缝地贴上了。

美好的夜晚，柔静的灯下，沈欧感受着夏栀口中的香甜，和上次不同的是她的手臂抱得很紧，唇瓣相吻也变得小心翼翼，如同珍惜一件不可得的宝贝。

沈欧心中动容，想要反手扣住夏栀的额头，主动亲吻她，夏栀却搂着他的肩膀，发出熟睡时沉稳的呼吸声。

"真是拿你没办法。"沈欧无奈叹息，动作轻柔地将夏栀放回床上，重新为她盖好被子，静静地看着她良久，似乎心有不甘地俯下身子，在她的唇上回以温暖的吻。

"只有喝醉酒的时候，你才会愿意靠近我吗？"沈欧离开她的唇，修长的手指像抚摩易碎的花瓣，疼惜地抚摩着。

缘分究竟是无法解释的，当你认为已经结束的时候，偏偏还会藕断丝连，偏偏还会再次相遇，让原本已经趋于寂灭的星火，又奇迹般地复活。而当你认为彼此还会有转机，还会重逢的时候，却发现转过身的刹那，已是注定一生。

青白的天出现一缕新芒照亮在夏栀的脸颊，她微微蹙眉睁开眼睛，看着面前的环境，陌生又熟悉，随着意识脱离睡意逐渐清醒，夏栀重新审视眼前的环境，脑海的记忆极配合地帮她寻找似曾相识的一幕。

这不是沈欧的房间吗？

夏栀在确认之后，仿佛封闭的卧室空气经过一夜变得稀有，让她有些局促与窒息感，然而更令她惊惶失措的是沈欧就睡在她身边，距离不过分毫，他身上散发的温度与体香蔓延到夏栀的周身，每一根神经都因为沈欧的呼与息紧张起来，时间每增加一分，她的身体就多一分酸麻感。

她想要挪动姿势下床，以最小的动静，在她以为逃脱成功的时候，沈欧又将抓住她，顺势搂回到怀里。

夏栀整个人都僵住了，屏住呼吸不敢动弹，沈欧温热的鼻息拂过她的颈间，声音带着睡醒后的慵懒："干吗去？"

"沈欧，别这样。"夏栀觉得咚咚的心跳快要破胸而出。

沈欧瞧着夏栀涨红了脸紧张的模样，微微勾住唇角，想起她之前对自己的躲避，他收起了调戏的念头，将手臂从夏栀的身上移开。

束缚得到解脱，夏栀几乎从床上"弹"了起来，情绪里压抑着火气："为什么我又在这里？"

沈欧笑意浅浅，看着她的眼中满是柔光："昨夜你喝多了，之后又什么都不记得了？"

夏栀努力回想，只想起当时两个人在酒店的露台上，她喝了很多红酒，他似乎对她说想念，可是之后她是如何回应的，回忆却戛然而止，像个无底的黑洞探不到事情的真相，只剩下无边无际的黑暗，如同深睡的人没有任何知觉。

她想起当初与沈欧也是在这个公寓里的交集，难免心生怀疑，可是眼下看着自己的礼服完好无损，沈欧也是昨天晚上的衬衫，她的神经微微放松，抿抿嘴，犹豫着是该质问还是该斥责。

安静的气氛里，沈欧起身整理着自己的衣衫，态度要比夏栀淡然许多。

夏栀也起身，看了他片刻，她不想在暧昧的气氛里过多停留，于是，悄悄挪到门口的位置，手放在门的把手上微微一拧。

"夏栀，不许走。"在门被打开之前，沈欧出手握住夏栀的手腕，阻止她，"你还想逃避吗？"

夏栀松开把手，顺势挣脱了沈欧的手，故作轻松地说："我没有逃避，再说也没有什么可逃避的。"

"你是真的忘记，还是在给我装糊涂。"沈欧有些气恼，叱咤商业界的他面对感情的时候，竟然有令人烦心的无能为力。

"真的不记得。"夏栀坦诚地回答，"喝醉后，我究竟做了什么？上次也是，这次也是，是不是做了什么事情？"

夏栀的目光不像是在说谎，沈欧的心情缓和了一些："这么想知道？"

"其实不知道也许会更好。"

"可我想让你知道，怎么办？"沈欧靠近她，动听的歌曲在这个狭小的空间里响起，可惜不是上演浪漫偶像剧的背景曲，而是夏栀的手机来电铃声。

深棕色的咖啡滴在白色的杯子里，溅起的泡沫漂浮在边沿，腾腾的热气轻轻飘散，夏栀在这些烟雾中发呆，直到同事进来煮咖啡，好心提醒夏栀，她这才笑着回过神儿来，将自己的杯子拿走，放在桌子上调味。

"夏栀，你已经加了三包糖了，不会很甜吗？"同事又一次好心地提醒。

夏栀这才低头看见自己手边已经撕了三包糖，眼下手里还有一个正要撕开的糖包，她尴尬地将糖包放回去，拿过奶油球倒入，笑着说："一晃神儿拿错了。"

"我看不是一晃神儿这么简单吧？"同事摇头叹息着，"你最近怎么总是一副心不在焉的状态，年底工作也处理得差不多了，你是不是该休息了？要不就跟岚总早些请假回去吧！"

"谢谢关心，我没事，不过确实要请假了。"距离过年已经时日不多，夏栀也该准备回家探望母亲，便向岚凌提交了提前回家的申请，因为她还只是实习员工，工作也没有那么繁重，没必要按时按点到最后，许多实习生都已经早早地离开了，包括舒怡均也是前两天提交的申请。

"明年希望还能见到你。"岚凌非常看好夏栀，不可多得的人才自然能留住就留住。

"谢谢，我会回来的。"夏栀感激岚凌的赏识，算是她人生中的第一个伯乐。

收拾好一切，夏栀经过沈欧的办公室，最近他总是来芙蕾公司，每次碰面夏栀都觉得窘迫，但外表不得不极力保持镇静，不让任何人看出她慌乱的内心。

走过沈欧的办公室门口，夏栀故意迈着大步平视前方，顺利进入电梯的那一刻，她终于松了口气，生怕半路被沈欧叫住。

拖着一只蓝色的行李箱，夏栀喜欢从简出行，经过安检在候车厅里等待着，她选择一个靠近落地窗的位置落座，阳光明媚照射着熙熙攘攘的人影，来去匆匆，想要留下什么都只能随着时间渐渐淡去。

夏栀看着墙上的电子时钟，距离火车到站还有二十分钟，她心里忽然踏实下来，可以利用这二十分钟发呆，可惜无论她怎样想将脑海放空，思绪像根根扯不清的线团，看似杂乱无章，实则是将她清晰地朝着某个方向深入，直到那张英俊的脸庞，出现在她的面前。

"怎么就忘不掉呢？"她自言自语地叹息着，回想当时他的脸靠得那样近，双眸的温柔与笃定撑起整个氛围的掌控，她的鼻尖触碰到他呼吸的热气，在男性独有的热烈气息笼罩她之前，母亲询问回程日期的电话响起，因此她借故逃离了沈欧的公寓。

如果当时没有这通电话，他会做什么？夏栀又陷入自己纠结的假设中。自从遇上沈欧，她好像中了什么魔咒，冷静、理智，通通失效，剩下的是她不可控制的想念。

火车进站，夏栀拎着自己的行李箱朝着站台走去，幸运的是自己的位置靠窗，她看着窗外的风景渐渐移动，朝着自己的身后缓缓逝去，连同与沈欧的所有片段，也在这一刻走到了停滞的地段。

沿路的风景使夏栀莫名欣喜，原来她喜欢这样的远行，无论从哪里来，又向哪里去。

列车终于在目的地停驻，夏栀走出列车，看着小小的车站上面写着"水镇"二字，她在这里长大，与母亲相依为命。

水镇是个倚山傍水的地方，泰熙河围绕着整个小镇，街边偶有摊卖，酿制的米酒或米糕，路过时清香四溢。

夏栀拉着她的行李，一步一步走到青石板路上，眼下正逢冬季，路边的河水都静止了，仿佛一块黑色的琉璃，在阳光下反射着暗光。岸边的杨柳此时都伸展着光秃秃的枝杈，像个弯腰在路边咳嗽的老人，没有一丝活力与生机。而路边积攒的融雪展示着这座小镇经历过一场降温。

她熟门熟路地绕过小道，在一排排错落的古式平房里找到自己家的大门，木门已经陈旧，沉淀着岁月消磨的痕迹，涂抹的守旧感越发沉重。围墙上的青瓦偶有脱落，显得凋零又自带一种难以言说的美感，来自岁月的洗礼。

她推开门，面前是宽敞的大院，白色的墙壁已经显得旧黄，还有些污迹斑斑像抹不去的回忆，只能停留在那里。

母亲穿着厚重的棉服在屋子里做活，古老又稀有的刺绣手法在她苍老枯皱的手上得以延续，每天的辛勤换来仅够维持生计的报酬和汤药，夏栀在这种俭朴的生活中长大，而她的父亲抛弃她们之后，生意做得风生水起，从来没有找过她们。

也许是母亲刻意留在这个小镇回避父亲，夏栀一度认为，面对这样绝情的男人，最好一辈子不再相见。

"终于回来了，后天就是除夕。"孟丽秋抬起头，见到夏栀的时候没有过多的表情，夏栀却在泛黄的余晖中，看到母亲脸上被时光雕刻出的皱纹越发明显，恨不得时时刻刻都在提醒自己，母亲已经年迈。

"以后这些活少做些，太操劳对你的病情不好。"夏栀心里泛着潮湿的酸楚，面上却平静无波，将手中给母亲买来的新衣与补品放在地上，"听说吃这个对你的身体好，记得经常吃，别舍不得又留到过了期。"

"干吗又花钱，你不是往家里寄钱了吗？吃穿我都够用，别再花这些冤枉钱了。"孟丽秋放下手里的针线，嘴上埋怨，眼底却藏不住的喜悦。

夏栀知道她的性子，是个容易满足又坚强隐忍的女人，很多时候她都口是心非，心里不知道多期待。当年父亲离开，母亲没有对她说过一句父亲的不好，只是自己默默承受离异女人带着孩子的压力与辛苦，她坚韧也温柔，即使生活困苦，也从来不让夏栀的内心存留一丝对生活的怨念。夏栀觉得父亲离开母亲，是他的损失。

"等我成为公司的正式工，我就接你去北市生活。这里环境阴暗潮湿，对你的病也不好，而且去北市看病也方便些。"

"哎，不要那么麻烦，我在这里过得挺好的，保和堂的药还是挺管用的。"

"你就听我一回吧。"夏栀用心劝说，她一直都希望通过自己的努力，给母亲一个更安稳的生活。

孟丽秋从矮小的竹凳上站起来，朝着厨房走去："行，晚上给你做梅菜煎饼，你先回屋把行李放下。"

夏栀最喜欢母亲的梅菜煎饼，虽然是素菜，可她觉得堪比山珍海味，在忙碌之后的空闲里，偶尔就会想起母亲的手艺。

她掀开厨房的门帘："我帮你吧。"

相对门外回响的鞭炮声，夏栀家里的除夕夜就冷清了许多，但两个人也不会显得太孤单，电视里的春节晚会上，主持人热情豪迈的语气也给空气里增添几许热闹劲儿。

夏栀坐在暖炕上吃年夜饭，两个人的晚宴总归简单许多，孟丽秋将一颗腊八蒜放在她的碗里，像是随口提起："有没有谈男朋友啊？"

"没有。"夏栀淡淡地说着，只是吃饺子的动作放缓，没由来地想起了沈欧。

"之前不是有个叫什么季的小伙子追你来着？"

"早就不联系了。"夏栀敷衍着。

"不联系就不联系，反正你们也没进同一所大学。"孟丽秋还是个很开明的母亲，但似乎不甘心于夏栀的答复，"大学里就没有心仪的？"

"没有，我忙于工作与学业，哪有闲情去谈朋友。"夏栀草草否认，手机却在这时候响起来，她放下碗筷，将屏幕解锁，发现是一条微信。

手机屏幕上天蓝色的头像闪着未读信息的标志，而头像旁边的人名是沈欧，发过来一句简单的"新年快乐"。

夏栀怔怔地望着手机，也简短地回了句"新年快乐"，在她以为算是结束了彼此的对话时，微信提示音又响了起来。

沈欧又回复："在老家过年呢？"

"嗯，是啊！"夏栀只简短地回答。

"好。"最后的结尾更加简单。

手机屏幕重新暗下来，夏栀将其放回桌上，继续陪母亲看春晚里一派歌舞升平，万家祥和的景象。

母亲早年与家中亲戚疏淡，后来与父亲离婚，更没有人愿意和落魄的母亲走得太近，因此过年这几天除了邻里会过来问候，无须走亲访友，反倒觉得清闲许多。

夏栀看着夕阳无限好的景色，和景色里面刺绣的母亲，觉得光阴都变得静谧美好，希望时间能流逝得慢一点儿，让她的母亲不要匆匆老去。

这时候门扉轻叩，已是大年初六，鲜少还会有人前来拜访，夏栀怀揣着疑问，走到门前，不禁询问着来人。

"夏栀，是我。"

声音通过厚重的木门传递过来，虽然削去了几分真实感，可是夏栀还是能够敏锐地辨认出来，这如同大提琴演奏的和谐曲，深沉的男音，源于谁的唇启。

她打开门的动作并不快，甚至有些刻意放慢，只是内心急待的确认让她手心都湿了。敞开的亮光线像是得到释放一般笼罩过来，逆光里的身影投出的一片阴暗面，英俊的容颜蒙上一层神秘感，恍若坠落凡间的神明。

"夏栀,新年快乐。"沈欧提着两袋礼物,笑容温暖,目光深邃。

晚饭围坐在古式雕花的圆木桌前,自打沈欧进家门,孟丽秋一直挂着笑意打量着他,相比沈欧云淡风轻的自然,夏栀反倒有些紧张和尴尬。

"都是家常便饭,凑合吃吧。"孟丽秋笑盈盈地招呼着。

沈欧没有多余的拘谨,对于这里的简陋他毫无嫌弃之意,拿起筷子夹起离他最近的菜品尝,举止间的风度不刻意、不做作。

"其实吃多了油荤的食物,这样的清茶淡饭也别有滋味呢。"沈欧笑容得体。

"你这孩子真会说话。"孟丽秋绽露笑意,沈欧进门之后,与她闲聊片刻,就已经让孟丽秋贴上满意的标签。

夏栀沉闷地吃着饭,看着母亲和沈欧聊得火热,觉得自己倒像个局外人。

"既然你是栀子的上司也是校友,她脾气倔得很,希望你多担待一些。"话题终于绕到夏栀的身上。

"放心吧,伯母,夏栀在公司的表现一直很好,假期结束我就让她继续上班。"

"妈,你说什么呢?"夏栀想阻止母亲话题的继续,可惜这句埋怨根本无济于事。

"是吗,栀子在设计方面一直都很有天赋的。"她又笑着给沈欧夹菜,"不过既然你是栀子的上级领导,应该是栀子去拜访你才对,怎么好意思让你登门呢?"孟丽秋巧妙地将话题引入到更深的一步。

"嗯，伯母说得对，我这次来，确实不是以夏栀的上司身份。"沈欧不惧挑明，可是夏栀却坐立不安了，抓住沈欧的手臂说："你要说什么？不准说！"

结果夏栀被孟丽秋当即拍了脑门儿："你这孩子怎么能这样对待客人呢？"

"伯母，没事的。"沈欧的袒护非常明显，神情越发坚定，态度明确，"我正在追求夏栀，希望伯母可以支持。"

孟丽秋早就清楚沈欧的意向，但她并未急着回复。晚饭结束后，夏栀被母亲支开在厨房洗碗，与沈欧在房间单独谈话。

寒冬还未退尽，在略有冷意的晚风中，偶有一两颗烟花绽放，打破静谧的夜空。

夏栀与沈欧散步在青石板路上，脚步声清晰可闻，水镇仿若在夜中熟睡，深不可测的河流与夜幕融为一体，恍若一直通向黑暗的尽头。

两个人站在石桥上看着星星落在水面，点点璀璨像极了坠落的钻石，夏栀望着水中那些好似触手可及的星光，可惜伸手一碰就会碎裂在粼粼波纹之中，这让她想到身边的沈欧，他就像那些星光一样，遥不可及，却给了她一种镜花水月的错觉，让她以为他近在咫尺。

"我妈跟你说了什么？"夏栀望着水中的星光，靠在石桥的围栏上。

沈欧在她身边，看着她故作得意地说："说了很多，不过这是与伯母的约定，不能告诉你。"

夏栀不屑地撇撇嘴，离开了公司，没有了上下级的关系，相处起来倒是少了些许拘谨，尤其是在吃过晚饭之后，孟丽秋对沈欧的态度好到连夏栀都有些妒忌。

"来我家是不是蓄谋已久了？我妈怎么会这么快就认同你了。"

"连伯母都认同我，就差你这个女主角点头了，不是吗？"沈欧离开石栏，站在夏栀面前，想要去牵她的手。

夏栀猜到他的举动，于是故作自然地将双手插入口袋里，装作不屑地说："我妈说什么，我都能猜到，无非是让你多关照我，我一个女孩子在北市不容易。"

沈欧手上的动作落空，收回的动作自然，没有一丝尴尬的情绪："我们说的话远远不止这些。"

"可是如果我不愿意呢？"夏栀回避他的目光。

"夏栀，你在犹豫什么？你心里明明是有我的。"沈欧终于忍不住将徘徊心底的疑问说出。

夜空中的繁星再璀璨，都没有星空下的沈欧耀眼，夏栀凝视着他，声音平静："沈欧，也许我心里装着你，因为你给予的关怀，你眼中的温暖，或者你一次次主动接近我，可是这不足以成为我接受你的理由。因为你是天星集团的总裁，站在高处发着耀眼的光，而我不过是从这个小镇来的普通女孩，你我相差甚远，如何能够走到一起？爱情也许是浪漫的，可是现实生活毕竟不是肥皂剧，你是帅气的王子，而我不是灰姑娘。所以，我们之间的问题并不是简单的爱与不爱，就能解决的。"

她渐渐向后退去，与他拉开距离："对不起，明天一早我会送你到车站。"

说完这句话，夏栀想转身离开，结果脚下的台阶踩空，险些摔倒之际沈欧将她用力一拉，她顺势跌进了他的怀里。

温暖将她包裹，夏栀紧贴着沈欧的胸膛，可以听见他加快有力的心跳声，这一刻，她只觉自己的内心像个充气的皮球，灌入的情愫不断使其膨胀，就快要无法承受。

"如果有爱，任何问题都不是问题。"沈欧的手臂力道加重，将夏栀紧扣在怀，"夏栀，你要面对的问题，是看清你的内心。"

夏栀靠在他的怀里，眼底是夜空中的星辰，几颗星星化作泪水，在她的眼眶里打转。

一定是星星太美了，才会想要流泪。夏栀直到此刻都不愿意承认已经在内心深处、呼之欲出的答案。

沈欧在宁谧中等待着夏栀的回应，两个人的身影在石桥上重叠，成了水墨江南里一道美丽的风景。

可惜好景不长，突如其来的邻里将一切宁静打破，他紧张地喊："夏栀，不好了，你母亲出事了。"

古旧的门前，地面布满了尘土，深褐色的鲜血混入泥尘，渗入石砖路直到更深的地表，只怕这污迹随着岁月的洗礼才能够彻底清除。

夏栀死死地盯着一摊地上的血迹，红色妖冶如同绽放在地上的彼岸花，一朵朵似开在奔赴黄泉的路上，而这美艳花朵的来源是距离她几米之外昏厥过去的母亲，她的嘴角溢出的血泽渐渐凝结，她昏厥在门框边缘，被散步的邻里们及时发现。

那一刻她的大脑如同被闪电劈过，茫然地看着周遭的邻里们扶着母亲欲送往镇上的医院。

"送北市的大医院吧。"若不是沈欧镇定地安排好一切，恐怕夏栀难以将母亲安排妥当。

城市的霓虹在夜色里散发着迷人的色彩，酒吧里的喧闹将混合着荷尔蒙的欲望充分发挥，在灯红酒绿间尽情徜徉着不甘寂寞的心。郑薇柒身穿黑色性感紧身短裙，披散着她一头撩人的深棕色卷发，在舞池中央忘我地舞动着纤细的腰肢。她是美丽的，这种美丽来源于她的自信，和她极具魅力的气质，因此吸引不少男子前来搭讪，她的回应只有冷漠与酒。

见找不到乐子，男人自然就会离开，郑薇柒不屑地笑笑，她只想自己一个人安静地喝酒，坐在角落一杯又一杯地灌自己，直到眼泪默默地流了下来。

夜色越来越深，酒吧里的热情才刚刚上演，郑薇柒却决定离席。她走出大门，来到车前，在手机里雇用了一个代驾，确认信息回执后，郑薇柒靠着车门，用仅存的一点儿意识，等待代驾的到来。她醉酒的样子越发性感，迷离的双眼如同灯光下的红酒，闪烁着醉人的光泽，又披着神秘的慵懒和倦怠，宛若红宝石一般诱人。

"小姐，是你找的代驾吗？"如同一缕清风般的男声响起，唤醒昏昏欲睡的郑薇柒。

她将埋在卷发里的脸颊抬起，手中的车钥匙递出来，醉意蒙地说："送我去悦心公寓。"她原本想看看代驾小哥是否长相清秀以便调戏一番，可只是一眼，便将她推入了万劫不复的深渊。

高盛接过她的车钥匙，并为她打开了车门，声音里听不出任何情绪，他淡定地说："先上车吧。"

郑薇柒没有说话，顺着他的意思上了车。

红色跑车行驶在灯火阑珊的街景中，相对于街道的车水马龙，车厢里的空气凝滞成渐渐坠落的感觉，算不上尴尬，也说不上抵触，只是一种无法协调也无法打破的僵持。

而这种僵持感，让郑薇柒一直保持头靠车窗的姿势，专注于街道的风景。不做作的刻意中，酒精的作用像是退到了离她意识偏远的地域，令她在这短短的路途中清醒了几分。

好像除了沉默，其他任何事情都是罪过，郑薇柒内心复杂，却没有侧头去看高盛，仿佛多看他一眼，就是承认自己的失败。

其实她已经输了，在他的那句"对不起"里，在他无声息的消失里，她已经输得一塌糊涂。

跑车在悦心公寓的露天停车场停下，这是一处高档的小区，是资产阶级与中产阶级最明显的划分区。绿带精心布置，环境整洁干净，每月上交的物业费都会令大部分人叹为观止，更不要说成为这里的业主。

高盛自然也是明白的，他看着平坦的大理石地面，不过几秒钟，转身对着郑薇柒微笑地说："到达目的地，路程愉快。"

郑薇柒没有理会他，自己先行下车，绕到驾驶位置旁，面无表情地看着高盛下车，将钥匙递给自己。

郑薇柒趾高气扬的神采又恢复如初，她将车子锁好，不打算在高盛旁边逗留，无论她曾经因为他多么心痛，起码在这一分钟里，她觉得多停留半刻，都是在浪费生命。

高跟鞋踩着自信的脚步，潇洒地摆出婀娜的背影，在她就要打响这场偶遇的胜利时，高盛却在身后唤她的名字。

"薇柒，我有话对你说。"

她恨自己不由自主地停下了脚步，也恨自己做不到继续向前走，但她也没有回头，极力压制住嗓音的颤抖，问："还有什么事儿？"

高盛几步走近她，站到她身侧，郑薇柒的目光直视前方，没有因为高盛的靠近而转移了视线。

"薇柒，你最近好吗？"

"作为代驾，你也太不懂规矩了吧？不知道不可以询问顾客的隐私吗？"

"我只是想问你，最近过得好不好？"高盛的语气诚恳。

郑薇柒这才转过身来，正对着他，目光冷淡，语气冰凉："好不好跟你有什么关系？我过得好，你就会对我的伤害心安理得一些？我过得不好，你就会对你做出的事情感到歉疚几分？"

"对不起。"

郑薇柒从高盛的眼中，看得出他诚心的歉意，可她的内心如同深冬的寒风，她冷冷地说："不是所有道歉，都能够弥补曾经的过错，更何况是感情。你没有错，错在我，不该一厢情愿地喜欢你，不该一意孤行地和你做那件事，最后却只能换来'对不起'，我只觉得我是一个笑话。"

眼泪在她越说越激动的语句里，像是给这场自导自演、尝尽苦头的戏码里添加几许咸味，以怕事情还不够苦涩。

"我不要听你说对不起，我——"

哽咽在喉就要涌上来的话语，在高盛毫无预兆的拥抱中全部打退回去，郑薇柒整个人僵在原地，呼吸间是高盛身上独有的味道，她喜欢的味道，穿透她的鼻尖，蛊惑她的内心。

垂在两侧的双手不自觉地握紧，郑薇柒克制着自己想要反手拥抱他的冲动，语气里的颤抖还是不能抑制地流出："你现在这是在做什么？这样拥抱算什么？表示你的歉意有多真诚吗？"

"对不起，是我不该放弃你。"

郑薇柒以为自己出现了幻听，想要确认地问道："什么？"

高盛拉开彼此，清亮的目光投递到郑薇柒的心底，他笃定地说："薇柒，给我一次机会，让我去努力成为你的男朋友。"

12.

刺眼的白炽灯照映在四周白色的墙壁上，显得周围更加苍凉。医院的走廊里都是忙忙碌碌面无表情的医生和护士，病房里的都是被病痛折磨而呻吟的病人。因为沈欧的关系，夏栀的母亲被送到VIP病房，房间设施齐全，室内安静，可惜却不能给孟丽秋的病情带来一丝好转，她的脑部已经出现水肿，随时因脑疝或其他并发症而死亡。

当医生下达病危通知书的时候，夏栀只觉得天地瞬间在她的内心崩塌，那种感觉像是脆弱的心脏经历了洪水的侵袭，不断坠落的山石将她的身体压垮。她找不到一个可以解救的出口，只觉整个世界都是黑暗的。

再次睁开眼睛的时候，夏栀发现自己躺在一张病床上，天色如同暗蓝色的宝石，让她分不清是傍晚还是破晓。起身之时，手臂上传来针痛的感受，她发现自己正在打点滴，而距离床位不远的沙发上，沈欧盖着自己的西装安静地睡着了。

这两天，夏栀面对巨大的噩耗，她的身边一直都是沈欧悉心的陪伴。她从医生的口中得知母亲最多活不过三个月，希望她能在书面上签字。当时她颤抖着手写下自己的名字时，浑身不断发冷，像是泄气的气球，踉跄向后跌去，是沈欧敞开温暖的手臂，将渐渐昏厥的她紧紧抱住。

夏栀看向窗外青白的天空，第一缕朝阳扫尽睡梦的夜。她想从床上起身，欲要将点滴的针头拔出。这时候病房的护士推门而入，见到夏栀的举动，连忙阻止，也惊醒了沈欧。

"你这是做什么呢？液还没输完。"沈欧拦着她说道。

夏栀很想对他投递一个安慰的笑，可惜她真的笑不出来："我没事，我想去看看我妈。"沈欧明白她的心焦，没有阻止，让护士将针头拔掉。

夏栀点点头，走到门口的时候，转身看向沈欧，说："你吃点儿早饭，先回去休息吧。"

"我没事，待会儿吃。"面对夏栀的关心，沈欧的眼中闪着温和的光。

孟丽秋还处于昏迷状态，医生说如今只能靠药物与营养维持生命的延续，等时机成熟时才能做手术，但是即便手术，活下来的概率也只有百分之二十，风险也很大。

夏栀坐到母亲的身边，看着她紧闭的双眼，只觉得她又苍老了许多，眼泪不禁顺着眼角滑落。

"妈，你快点儿醒醒啊！"夏栀握住孟丽秋的手，她的手指因为长年做活而粗糙枯皱，还有许多或大或小的老茧，记录着这些年的辛苦和贫瘠。

"妈，你不是最喜欢衣牌坊的旗袍吗？我们现在就去逛好不好？还有你最爱吃的汉堡了，一会儿我给你去买好不好？"泪水如同七月的暴雨，浸湿了夏栀的整个心房，"妈，你不能这样丢下我，我们的生活才刚刚有起色，很快我就可以接你到北市了，你怎么忍心丢下我一个人呢？"

所有的话语像被倒入了无底洞，无声息地下坠，看不到尽头，全部瓦解在死寂的空气里，而夏栀在这片死寂中泣不成声。

哭了不知道多久，夏栀要去卫生间洗脸，转身时看见沈欧默默地站在她身后注视着她，错愕的表情挂在她满是泪痕的脸上。

想说什么，可嘴唇嚅动了几下，却还是什么都说不出口，夏栀只好径直走到卫生间，不想她这副狼狈的样子被他看尽。

水流声掩盖了所有的沉默，夏栀重新出来的时候，沈欧就站在门口等她，柔和地说："一起去吃个早餐吧。"

"我没有胃口，你去吃吧。"夏栀脸色苍白如纸，"你该回去休息了，公司还有很多事要处理吧？"

"我现在要做的事情，就是负责让你把早饭吃了。"沈欧态度坚决，有着不容反驳的强硬，让夏栀有一秒钟觉得他又是那个高高在上的沈总。

"真的不用。"夏栀迈步，沈欧伸手抓住她。

"如果伯母醒来之后，发现你因为她倒下了，她会是什么感想？"沈欧拿过沙发上夏栀的外套，为她披上，"我希望你不要逞强，要好好照顾自己，这样你才能更好地照顾伯母，不是吗？"

医院附近的肯德基里人烟稀少，沈欧买了两份套餐放在夏栀的面前，为她打开豆浆的杯盖，叮嘱着："小心烫。"

夏栀感觉冰冷的手被热腾腾的豆浆捂暖，而她的心也被他的关怀倍感温热，她微微抬眸看着他安静地吃饭，每次他吃饭的时候都不会多语，在他身上她看到了良好的教育和高贵的修养，还有许多许多她够不到的闪光点。

他那样优秀，无论家世还是能力，他的身边应该是围绕着与他能够并肩而战、拥有同等优秀属性与背景的女子，无论她是某个集团的千金，还是留学回国的顶尖金领，都不应该是她这个小镇出身、被父亲遗弃的平凡女孩。

她知道他现在也许是真心的，她也感受得到他对自己的关怀，但是最终令她退缩的，是他的身份、他的地位、他的高度，以及显赫的家室背景，并不是说通过努力就可以追上的，就可以理直气壮地站在他身边。对于爱情，夏栀终究太过较真儿，不确定的恋情，她不想去冒险，她害怕自己最终全身心的投入，只能换得万劫不复的伤痛。

她忽然想起郑薇柒，她的家世比不上沈欧，但与高盛相比完全不在一个层次上，可是郑薇柒却将自己爱得卑微，卑微到成为一朵自暴自弃的花。

爱情真的会让人卑微吗？夏栀再次反问自己，曾经的她也是自信的，因为她的努力，她得到优异的学校和工作。可是在沈欧面前，她所做的这些似乎都不足挂齿，也许她面对他，真的会自卑，也因为这种自卑，让她清楚地意识到自己对他不是一点儿感觉都没有。而如今这种情景下，她难以将他拒之千里。

沈欧还在专注地喝粥，他并不知道在这个清冷的早上，夏栀的脑海里已经想了一个世纪那么久的问题。

夏栀将自己的汉堡递给沈欧，说："你多吃点儿。"

"该多吃的人是你。"沈欧将汉堡又推回到她的面前，语气温和，"这段日子你要辛苦了，多补充体力。"

夏栀微微笑了，笑得很清美，像一朵在风雨中摇曳、却不肯低头的栀子花，"吃完这顿饭，你就回去忙你的事吧，不用这样一直陪着我。"

"好，有什么事情打电话。"沈欧的手机已经存了好几条公事的信息，眼看公司假期即将结束，还有很多项目上的问题没有解决，"夏栀，等你母亲好一些，就回来工作吧。"

语气的停顿并不是一个问号，而是句号，沈欧诚意地发出邀请。

"我会考虑的。"夏栀不会放弃任何可以把握的机会。

白天夏栀一个人在病房里照顾母亲，晚上沈欧无论多晚都会过来陪她，哪怕是去外地谈项目，他也会赶在十二点之前回医院。如果看见夏栀已经睡着，他就会轻轻地为她盖上被子，睡在她临近的沙发上。

偶然，夏栀感觉到沈欧进来了，她睁开眼睛的时候，发现他正在看着自己。夜里的静谧，检测仪嘀嘀响声回荡在空气里。夏栀想收回自己的视线，却被沈欧深邃的眸子吸引，像个充满磁力的黑洞，将她的心引入进去。

起身的动作可以巧妙地避开对视，夏栀重新看他时，沈欧的眸色也收回了刚刚那股炙热的温柔，她轻语，像怕打扰到母亲，虽然她已经昏迷了一周。

"这么晚还过来干吗？"沈欧越是对她这样好，夏栀心里越是难安。

病房里的沙发床虽然是双人的，可是为了夏栀的感受，沈欧都是睡在软椅上，因此他也习惯性地将西装脱掉，放在椅子背上。他温柔地说：“没什么，只是想陪着你。”

只是想陪着你。

简单的六个字，触动了夏栀最深处的柔软，最敏感的地带，让她突然间心潮汹涌，不过短短几秒钟，湿润的浪潮已经打入她的眼眶，不受任何外力的阻挡，在夏栀的脸颊上急切地落下。

沈欧见势有些着急，坐到夏栀的身边，双手握住她的肩臂，问道：“怎么了？怎么哭了？”

夏栀拼命摇头：“没事儿，真的没事儿。”她不停地抹掉自己的泪水，却发现越抹越多，无法止住。

沈欧看着这样的她，平时总是安静优雅，微笑示人，不论遇到什么困难都是自己一个人扛，外表看似柔弱，实则内心坚强，这种执着让他心疼不已。

再无犹豫，沈欧将夏栀紧紧地抱在怀里，用他温暖的胸膛、温柔的语气，给她保护与关怀，他说：“想哭就哭吧，我一直在，无论发生什么事情。”

宣泄的潮水得到开闸的准许，夏栀再也无法控制住自己的眼泪，把头埋在沈欧的胸膛里，闷声地哭泣。

月色在孤寂的夜里释放着柔美的光泽，像一层轻薄的纱，披盖在紧紧拥抱的两个人身上，沈欧将下巴抵在夏栀的头上，手臂没有一刻松开过。不知道这样抱了多久，直到夏栀眼泪渐渐停息，把头抬起来，水汪汪的眼睛像是清晨最透亮的露珠，将晶莹的水光投递到沈欧的眼眸里。

“沈欧，可不可以不要对我这样好？”夏栀离开沈欧的怀抱，看着他深色的衬衣被她的泪水浸湿了一大片，脸颊泛起红潮。

"这不算什么。"沈欧抚摩着夏栀顺滑的长发,"夏栀,就让我对你好,不要回避你内心的感觉,好吗?"

在最无助、最脆弱的时候,能够得到可以拥抱的火焰,无限温暖着自己的身心,任谁都做不到无动于衷。何况夏栀明白自己对沈欧的情愫,可是她一直都在犹豫,在给自己设定的难题里左右纠结,也许对他坦诚一切,能够得到最好的答案。

"我想我应该告诉你。"夏栀鼓起勇气袒露心事。

"嘀—嘀—嘀"刺耳的警报声在检测仪里发出,夏栀的心一下子就被揪起来,眼见着屏幕上的心跳曲线趋于平坦,她一把抓过母亲的手,几近呼喊:"妈!"

值班的医生和护士推门而入,即刻对孟丽秋进行抢救。

夏栀被沈欧带出病房,她从门上的玻璃望去,那种恐惧听到噩耗的忐忑冲击着她的心脏,蔓延至她的血液冰凉了她的手指。

沈欧的手放在夏栀的肩膀上,紧紧一握,想要传递给她温暖的力量,他安慰道:"会没事的,不要担心。"

"可是——"夏栀眼眶湿润,她长长地呼出一口气,胸口沉重如石,压得她没有力气再多说一句话,只能焦虑地等待抢救结果。

这是她经历过最痛苦的等待,像是站在悬崖的尽头,似乎即将触摸到死亡。

忽然病房的门被打开,夏栀看着医生那张没有表情的脸,无法从中揣摩结果,她想问好多话,但是舌头在打结,整个人怔在那里,唯有身体不自觉地打战。

"请节哀。"医生语气冷淡,似乎对死亡已经麻木。他的这句话如同最后一根稻草被扯断，她整个人彻底陷落在悬崖的黑暗里。

夏栀跑到母亲的床前，茫然地看着护士将呼吸机和检测仪搬走了，她觉得母亲只不过睡着了而已，便想要伸手去掀开母亲身上的白布，让她透透气。但不堪重负的身心无法欺瞒自己，在看见母亲灰白的脸时，她撕裂地大吼，昏了过去。

一周后的阴冷天气，夏栀身穿黑色绒衣裙，将手里的白色花束放在母亲的墓碑前，她身后的沈欧穿着暗黑色挡风大衣，手里撑着一把伞，为夏栀遮挡上空落下的零星雨雪，默默地担任护花使者。

夏栀看着墓碑上母亲的黑白照片，她第一次直面死亡，感受到冰冷的绝望。当她最后握过母亲的手，无能为力的失重感在她的心头摇晃，最沉重的失去莫过于亲人的永别。从此，这个世间再也没有她母亲存在的角落，唯一的循迹就只是面前这块硬冷的石碑。

她以为眼泪早就流干了，却发现眼眶里的泪水从来没有停止过。在这段黑暗的日子里，她没有与任何人诉说，幸得能有沈欧的陪伴，像一簇温暖的光，照亮着她的心间。

脚步踩在枯草上发出脆裂的声响，缓慢地靠近他们，在安静的四周显得特别清晰。夏栀闻声望去，只是一眼却让她整个人瞬间僵持，她睁大眼睛看着面前走过来的中年男子，他神情肃穆，目光关切，名牌衣装套在发福的身体上，可以看得出他的生活优越富足。

"女儿，是爸爸。"在夏栀想要确认的目光中，夏至德先行开口。

夏栀错愕的目光缓缓黯淡下去，神情仿佛是寒月下的暗湖，逐渐因为严寒而冰封，凝结出冷漠的裂痕，她说："我没有爸爸。"

夏至德对于女儿的态度并不意外，他大步靠近，语气和缓："女儿，你妈妈已经离开了，跟爸爸回去。"

"你倒还记得我是你的女儿？"那些在成长的记忆里，日积月累的怨怼在见到她的父亲后重新复活，翻江倒海的气势将她吞没，这一刻她只想要个突破口，一个可以让她如释重负的出口。

"十几年了，你抛弃了我妈妈，对我们不闻不问，你知道我们过的什么样的生活吗？妈妈走了，你才出现，你难道一点儿愧疚感都没有？"眼泪再次模糊了夏栀的眼眶，她起伏的胸口压制着激动的情绪。

夏至德面对这些质问，选择了沉默，只是说："女儿，这件事情你不够了解，爸爸以后会跟你说明白，我与你妈妈都很无奈，我希望你能放一放，先跟我回去。"

"不，我是不会跟你回去的。"从来夏栀认定的事情，很难轻易改变。

夏至德知道暂时无法得到女儿的原谅，他轻轻叹了口气，对站在夏栀身后的男子，恍然道："你是沈欧？"

沈欧礼貌回应："伯父你好，是我。"

"哦，好。"夏至德快速打量了沈欧，目光颇有深意，语重心长地说，"夏栀性子比较倔，你多忍让她一些。"

"这个我知道，放心吧伯父，我会对她好的。"沈欧诚恳地回应道。

夏至德又去看着背对着他的夏栀，眼中是亏欠与关爱，还有丝丝无奈掩藏其中。最终他将手中的花放在墓碑前，伫立片刻，而后默默地离开了。

回去的时候，沈欧开着黑色宾利在高速上行驶，夏栀望着窗外的风景，内心的疑问终于说了出来："是你联系的夏至德？"她宁愿称呼父亲的名讳。

"是伯母临终前吩咐的。"沈欧的话留了一大段悬念。

"我妈？"夏栀倍感意外。

"是的。"沈欧手握着方向盘，专注于开车，未再多语。

直到两个人到达学院，将车停下，夏栀看着车窗外三两名回校的学生，再也按捺不住，刚要说出口的话语被沈欧抢先："夏栀，这是伯母留给你的信。"

一张白色的信封上是母亲的笔迹，写着夏栀的名字。

她接过这封信，内心有些复杂："你什么时候收到这封信的？"她忽然想起了什么，"是你在水镇的时候，单独和我妈谈话的时候？难道那时候我妈——"

"是的，伯母一直没有告诉你，她其实早就得了这个病。"沈欧轻抚着夏栀的长发，希望能多少安慰她的心情。

夏栀一滴泪水落在白信封上："我妈还说什么吗？"

沈欧的声音沉缓："伯母知道自己的时日不多，又怕你担心，才一直瞒着你，只愿能与你过完年。"他中间留有停顿，"伯母怕自己会突然离世，所以才将要交代的事情都托付给我，包括你手中的信，和联系你爸爸来接你。"

"和爸爸生活，是妈妈的意思？"夏栀感到意外，她将信件拆开，生怕漏掉每一个字，事情的真相往往是出乎意料的，像是一朵被安放在密封瓶里枯朽的花，溃烂的花枝却能保存完整，当时隔多年将其打开，发现那些残旧陈腐的心事，重见阳光之后竟然出现鲜活的假象。

原来当年是母亲提出离婚的，因为她不爱父亲，在一场没有爱情的死寂婚姻里，她一意孤行选择带着夏栀离开，在偏远的水镇落脚生活。父亲试图找过她们，都被母亲挡了回去，也许父亲对母亲是留有感情的，可惜这点儿感情根本经不起时间的推敲，就随着长河远奔而去了。

"伯母说，希望你能够好好把握自己的爱情，不要过错了才后悔。"沈欧的手捧过夏栀的脸，用他的大拇指为她拭泪。

夏栀莹澈的目光里投下沈欧的身影，他神色温柔，不同以往在耀眼位置上的冷峻，此时的他是温柔的，确切地说，在他到水镇之后，对于她的家中变故，他一直都以温柔的姿态保护着她，在适当的时候温暖着她。

人最困难最无助的时候，能够得到真心实意的帮助与关怀，确实容易让人不再设防，并且充满感激。

夏栀之前的种种犹豫，以及想要抑制情愫的理由，像是用粉笔写在黑板上的字，而沈欧的温情，就想是个黑板擦一样，用他温润而深沉的感情，将字迹逐一擦去，虽然白色的粉末依旧顽固地在心里留下痕迹，可是已经不足以影响夏栀握住沈欧的手的决心。

"谢谢你。"夏栀想说很多，但千言万语汇集成缕缕青烟在她的心里缥缈，最终她只能用浅言表达深意了。

13.

初春时节乍暖还寒，但也抵不住路边的树枝探出的绿。S大也在一批批返校生的回归中，从一片死寂的冬日恢复如春的朝气。

女生公寓的302室，三个女生又如往常一样窝在沙发里吃零食看电视剧，并且分享一下这段时间发生的事情。

"我和高盛在一起了。"郑薇柒的喜悦溢于言表。

萌萌高兴地抱了抱郑薇柒，嚷道："太好了，要不要去庆祝一下？"

"当然，今晚我请吃大餐。"郑薇柒向来很豪爽。

身为吃货的萌萌欢呼不已，扭着自己的小肥腰，激动地说："如果帅哥说愿意带我吃遍天下，我一定跟他走。"

"还真会做梦。"夏栀"扑哧"笑了。

萌萌瞬间蔫了下来，垂头丧气地说："还说呢，帅哥没遇见，渣男倒是阴魂不散，甩也甩不掉。"

自从那次掴掌风波结束后，萌萌"女战士"的称号也小有了名气，原本以为渣男会因此躲避她，以免招来指指点点，却没想到他却反其道而行，像个狗皮膏药一样甩也甩不开，甚至追到了萌萌的老家。

"他倒也够执着的。"夏栀唏嘘道，"你打算如何？"

萌萌一头倒在沙发上，闷闷地说："不知道，反正不想理他。"

"他不是看上了你能打架吧？比较有安全感！"郑薇柒故意调侃道。

"他倒是不怕我把他打扁。"萌萌不在意地开玩笑，转头看向夏栀，"栀子，回家过年开心吗？阿姨身体还好吧？"

关心的话语突然让夏栀如鲠在喉，使她险些落下泪来，却还是强撑着笑意，将母亲去世的事情说出来。

如今夏栀举目无亲的处境，让郑薇柒和萌萌都无比心疼，她们抱着夏栀，安慰着她："夏栀，以后我们就是你的亲人。"

夏栀终于泣不成声，良久，她情绪稳定了一些，萌萌才去上课，临走前再次抱了抱夏栀，给予她温暖。

夏栀的课和郑薇柒的课都在下午，公寓便剩下她们两个人，看着握着自己手的郑薇柒，夏栀反握了她的手背："薇柒，我没事了，不要担心。倒是你，什么时候剧情大反转了？"

郑薇柒染着一手酒红色的指甲，衬托着她醉人的魅色，她其实早想和夏栀谈谈，听见夏栀开口，她迫不及待地抓住夏栀的胳膊说："夏栀，我现在真的很乱，我都不知道答应他是不是做错了。"

寒风呼啸的花园里，郑薇柒一点儿都不觉得冷，她很热，手心都出汗了，悬在空中僵持着，距离高盛的外套不过分毫，却迟迟不敢抓住，她怕一旦抱住，就是彻底缴枪投降，直到高盛松开她，她的心情才平复一些。

"薇柒，让我做你的男朋友。"高盛的话似乎是一种宣告，语气过多的是肯定。

郑薇柒忍着头痛，努力让自己的情绪稳定，平静地说："道歉离开的人是你，要做我男朋友的人又是你，你把我当什么了？呼之即来挥之则去的宠物吗？"

"薇柒，之前是我不好，我希望你能再给我一个机会。"高盛想要抓住她的手，却被郑薇柒一把挥开，她转身的时候，内心其实在挣扎，迈出去的第一步如同踩在铺满荆棘的道路上，仿佛是在考验她的勇气。

"我不知道，我没想好。"

"所以之后你便答应了？"夏栀握着郑薇柒的手背，如果她真的过得开心，不该是这样犹豫的表情。

"你知道他答应做我的男朋友，我多高兴吗？那种感觉就像是走在寂寞失落的黑夜里，突然间夜空里绽放出绚烂的烟花，那样美好又激动的感觉，又怕最后只是过眼云烟。"郑薇柒眼眶湿润，如同浮出水面的黑色珍珠，"最终我害怕他消失，在他找我几次之后，我还是同意了。"

"高盛为了和你在一起，如此主动，可见他对你还是上心的，一定是后悔当初没有好好珍惜你。"夏栀善意且客观地分析着。

郑薇柒已经将夏栀当成她最可靠的知心朋友，至少在高盛的事情上，她看得出夏栀的为人，正直善良。喜欢就是喜欢，不喜欢也不会仗着高盛的喜欢而耀武扬威，更不会让她难堪，郑薇柒觉得夏栀是个值得深交的朋友。

"我当时也是这样以为的，可是相处下来，为什么给我的感觉总是不在预想之中呢？"郑薇柒心中困惑。

"因为感情毕竟是两个人的事情，旁人无法体会，但是，有什么事情让你觉得困扰了？"夏栀耐心地去了解郑薇柒的心情。

郑薇柒努力地回想这段时日的相处，失落地说："其实也说不上什么具体的事情，我们像普通的恋人一样，约会吃饭看电影，甚至拥抱亲吻，但就是觉得哪儿有什么不对劲儿。"

"也许是你之前太小心翼翼，如今终于心愿达成，反而让你有些不知所措，因此，影响了你的感受，你觉得有没有可能？"

"我不确定，他一如往常阳光明朗，温柔地看着我笑，可是，我的心里却没有了当初的喜悦。"郑薇柒幽幽地叹了口气。

感情这件事外人真是无能为力，夏栀只能安慰道："薇柒，不要想那么多，用心去感受，一定会得到答案的。你要相信，无论是言语还是行动，只有心不会骗人，细节不会骗人，你需要好好体会，来日方长，任何困扰都会水落石出的。"

"看你说得头头是道，和沈欧的感情也水落石出了？"郑薇柒调侃一番，"夏栀，你这么明事理，是不是也应该好好把握身边的人呢？"

夏栀笑了笑，没有多语，她已经渐渐接受了沈欧，如今她回到芙蕾公司继续做她的实习员工，等她毕业之后，就可以成为正式员工了。到那时候她一定会把握机会，走她想走的道路。

只是现在她与沈欧不得不面临着一个问题，虽然彼此都还没有提起，可是并不代表问题就不存在了。

音乐会上浮动着高雅的氛围和优美的旋律，夏栀第一次坐在这样的场合里，虽然她之前并不关注这类音乐，也没有这样的机会。现在因为沈欧的邀请，她能够坐在这里安安静静地听一场音乐会，感受这里良好的气氛。虽然也有很多人认为这是装清高，但夏栀真是发自内心地喜欢。

她将自己的想法告诉给沈欧，沈欧欣喜："我还怕你会觉得无聊，如果你喜欢，真是再好不过了。"

夏栀踩着湖边鹅卵石铺就的小路，气候渐暖，但夜晚的风还是有些寒凉，沈欧将自己的黑色围巾套在夏栀的脖子上，她将鼻子埋在围巾里，能够闻见他独有的香味，心里升腾起一种暖意，似乎风也不那么寒人了。

"下次有机会再带你去听。"沈欧笑容温和。

"嗯，再说吧。"夏栀虽然喜欢，可是心里有些抵触，脚下磨着鹅卵石，"听说你要去美国了。"

"暂时还走不了，正好也要问你这件事情。"沈欧停下脚步，挡在夏栀面前，"你愿意跟我去美国吗？"

夏栀知道总要面对的："我大学没有毕业，而且在芙蕾公司也只是实习员工，你让我现在跟你走，是不是太不切实际了？"

沈欧牵起夏栀的手："如果你愿意，我会安排你去美国进修，之后让你加入天星在美国的总公司，做你最想做的设计师，相信以你的聪明与才华，一定可以获得属于你的成就。"

这样理想的人生，如同涂了蜜的巧克力蛋糕，让人怀疑甜蜜美好的外表下回馈的是更加残酷现实，太过梦幻的东西总会觉得虚浮，生怕会抓到一场空。

夏栀并不喜欢被人安排好人生，虽然这样的条件很诱人，也超出她梦想之外的美好，可是她还是有顾虑，没有办法，她就是会想得多，也希望每件事情都能考虑周全，因此也容易落下左右为难的纠结症。

沈欧看出了她的心思，轻浅地笑着："你可以慢慢考虑，还有两个月的时间，我可以等你的答复。"

夏栀喜欢沈欧能够了解她的心思又给她想要的回应，她由衷地说："谢谢你。"她微笑的样子特别真诚。

"夏栀，不要这样客气，让我觉得好见外。"沈欧对夏栀这种忽远忽近的感觉，有些心烦意乱，"你知道你愿意与我接近了，我有多高兴吗？只是有时候你又这样疏远，让我不知道我们的关系应该放在什么位置。"

夏栀抿嘴一笑："告诉我，最初我喝醉酒遇见你之后，我做了什么事情让你印象深刻？"

"你想知道？"月光适时地洒在他的身上，蒙上一层柔和的神秘感，产生更深入的吸引力，让夏栀的内心忽然就忐忑起来。

"我真的不记得了。"她心中的猎奇感没有让她退步。

沈欧臂力稳而有力，将夏栀直接抱进怀里，贴靠在他胸膛的那一刻，夏栀的脸颊被他周遭的温热烘出一抹红。

加速的心跳在寂静的夜里躁动，她看着不远处一对情侣亲热的身影，像是预示着眼下会发生什么。

沈欧的手抵上她的下巴，使得她被迫看向他深黑的眸子，那双仿佛可以把人看穿又深不见底的瞳仁，让人无法挪开视线。

"夏栀，你一定不知道，喝醉酒的你，特别迷人。"

在这样一个容易沦陷的心动时刻，夏栀的大脑运转明显与她的心率成反比，她没有来得及回想这句话，沈欧温润的唇已经贴在她的软唇上。

星星都羞于闪烁，与月光一起藏在浮云中，湖边点点亮起的灯火，像是人间的繁星，照亮了情人眼底的爱意。

沈欧的鼻息喷落在夏栀的脸上，她闻见他身上如海洋般的香气，以及男性独有的荷尔蒙气息，将她整个人包裹起来。而他温凉的唇瓣在她的唇上轻柔地摩挲，像擒获她芳心的织网，一层层将她缠绕。

甜蜜的感觉让夏栀有些晕头转向，直到沈欧将她送回公寓的时候，她还没有回过神儿来。她躺在自己的小床上，用被子把整个人裹起来，想起湖边的种种，觉得心里欢喜，像是要开出一朵美丽的栀子花。

她翻出抽屉里母亲的照片，看着她和蔼的笑容，想起信上的话：

找个珍惜你的人过一生。

沈欧是那个人吗？他为自己安排好了所有，想要对她的人生全权负责，可是她心里存着疑虑。

郑薇柒一身红色长裙，艳丽无比，配上她自信的眼神，总是让人过目难忘，可就是这样美丽的女子，偏偏栽在了高盛的手上，她对着镜子仔细瞧着自己，怎么都找不到不足之处，唯一的缺陷，每当想起高盛，她的眼中总会黯然失色。

手机在这时候响起，高盛已经到楼下等她，她收拾好心情，勾起一抹若有若无的笑意，下楼赴约。

两个人在学院附近的小餐馆吃饭，原本郑薇柒想请高盛吃西餐，但是高盛却拒绝了："我很喜欢一家餐馆，不如我带你去？"

郑薇柒答应了，会以为是个很雅致的小店，但等她进去之后，与她之前想象的完全不一样，环境简陋，座椅肮脏，她非常小心翼翼，生怕被这里的脏油抹在衣服上，落座的时候都要用卫生纸垫在椅垫上。

相比之下，对高盛而言，与其穿着西装革履进入高端餐厅，显然在穿休闲装随意出入的小餐馆更自在一些。他无视郑薇柒的种种不适，坐在空间窄小的位置，拿过油腻的菜单，对郑薇柒笑着说："想吃点儿什么？这里最好吃的要数担担面，我给你来一份？"

"行，你点吧。"郑薇柒根本不想去碰这里的任何东西，从小娇生惯养、家中富裕的她从来不会出现在这种地方的，而且也觉得这里的东西不够卫生。当一碗漂满红彤彤辣油的担担面端上来，她瞧着高盛吃得起劲儿，自己拿起一次性筷子却不知道怎么下口，颇为尴尬。

郑薇柒一身耀眼的名牌很快吸引了这里的吃客，他们都好奇地打量她，更有个妒忌的女子对同伴说："穿名牌来这里吃饭，多半是A货。"

也许是店里太过安静，也许这名女子本来就想说给郑薇柒听，话语一字不漏地传到了郑薇柒的耳朵里，她顿时有些恼火，可是又不想在这里起争执，与这些人争执只会让她显得没有涵养。

何况她相信高盛也听见了，可他却完全置之不理，一门心思放在担担面和手机上。

郑薇柒心里有些失落，将自己碗里的担担面来回搅拌，高盛这才抬起头说："凉了味道就不好了。"

"你用手机看什么呢？有什么有意思的事儿吗？"郑薇柒观察他许久，似乎手机对他来说有吸引力。

高盛脸色微收："没什么，看看有没有人叫代驾。"

"做代驾也赚不多，而且每次都占用你和我约会的时间，不如先别做了。"郑薇柒心里不止一次想说这些话。

"我父母是农民，家境贫困，我念S大需要的学费，都是靠奖学金，而我做这样的兼职也是为了能够赚取一些生活费，我没有办法像你活得那样简单轻松。"高盛的表情严肃，甚至泛起怒色。

郑薇柒没想到他会这样激动，连忙致歉，可高盛在接到呼叫之后，丢下"你吃完先回去"便离开了小餐馆。

周围的吃客投来各色目光，郑薇柒完全忽视他们，看着面前的担担面，一口没吃。转身走到自己停在街上的红色跑车，打开车门坐进去，驱动引擎，潇洒地驶入繁华的街景。

她在一家环境优雅的餐厅就餐，点了份喜欢的食物塞满她的胃，当饱满感充斥着她的内心，低落的心情也得到了缓冲，可是与高盛所面临的问题依旧存在着，这让她的思绪有些凌乱，他们之间的问题究竟在哪里？是因为两家家境不同，经历的环境不同，所以思想上才会出现偏差？

如果只是这个原因，郑薇柒眼里的高盛那样优秀，她相信他毕业之后一定会有好的前程，在此之前，她愿意帮助他脱离现在的困境。

她打定主意，给高盛在微信上留言，约定明天的见面时间。

而她正要起身离开餐厅的时候，眼角的余光正巧瞥见对面街头的一对男女，女孩身后是一辆法拉利跑车，身穿豹纹性感短裙，光洁的大腿仿佛不能抵御初春的寒冷，不停地往男伴的身上靠。

她的男伴露出狡黠的笑意，将她按在车门上，手掌大力地揽住她纤细的小蛮腰，狠狠地上去一吻。

即使夜色蒙眬，霓虹灯火晃人眼眸，郑薇柒还是一眼便认出了那个男伴，就是刚刚与她分开不过两个小时的高盛。

芙蕾公司迎来一个重磅消息，在欧洲展会上又争取到一个设计师的名额，而之前没有被选中的设计师重获机会，这将是一场越发激烈的竞争。

展会的主题依旧是"唯爱"，夏栀自然成为竞争的一员。

会议结束之后，同事们无论是真心还是假意，都纷纷对夏栀投来很高的期望，她的能力有目共睹，且在公司的人际关系也相当不错，很快成为大家认可的焦点。

可表面平和的背后，将会是怎样暗潮汹涌的竞争，夏栀心里明白，她的回应只是谦逊与微笑，直到来至休息室，才让她稍微放松一些。

醇香的咖啡递到夏栀的面前，舒怡均微笑着说："我记得你的咖啡总是两个奶油球一袋糖。"

"谢谢，没想到你这么关注我。"夏栀接过咖啡杯。

舒怡均耸耸肩，笑了笑："没办法，我想关心的人，总是喜欢多了解她一些。"

"受宠若惊呢！"夏栀笑道。

"这次的设计，你有想法了吗？"舒怡均喝了一口咖啡，身体倚在落地玻璃窗上。

"还没有确定，你呢？"窗外的夕阳打在她的身上，在她的笑容里涂抹上温暖的光。

舒怡均对夏栀清雅的美丽非常欣赏，却也妒忌她美貌与才华兼并的优异条件，舒怡均脸上依旧挂着亲切的笑意："我？我想就算设计出来，也不一定被录用，倒是你，大家对你的期待都挺高的。"

　　夏栀对此不以为然："这有什么，谁的作品优秀谁就会被选中，与平时的成绩没有多大的牵连，也许这次灵感突发，就会设计出非常好的作品呢，谁都有这个可能。"

　　舒怡均笑着没再多语，只是她握住咖啡杯的手指不禁用力了几分。

　　因为"唯爱"的竞争，公司的气氛变得紧张起来，舒怡均一直很想窥探夏栀的设计理念，可偏偏这个时候，夏栀像是在等待度假的懒汉，慢悠悠地连设计图都没有画出来。

　　舒怡均看着自己的作品，没有信心，虽然她在学校的成绩优异，却不是出身 S 大这样的名校，也没有夏栀实习合同上的高待遇，她是否能够留下来成为正式员工，还是个未知数。而这次的欧洲展示会，无疑是一个最佳表现的机会，她不能放弃，她需要这个机会来为前途增加保障。

　　夜色凉凉，晚风轻轻，夏栀坐在湖边，数着天上的繁星，她经历过失去亲人的痛，也得到了爱人的温暖，如今的她虽然还是会想念母亲，可是她已经不再那么低落，可以好好地生活，坚强地生活。

　　她坐在长椅上，将头仰靠望着天际，眼下最大的难题，就是关于"唯爱"的设计，之前她因为没能体会爱情的味道，设计上难以切入主题，被岚凌毙掉。

　　如今她初尝情事，可依旧不能沉静思绪，设计出独一无二的作品，这让她烦恼，倍感压力，得不到要领。

　　"坐在这里不冷吗？"沈欧提着热腾腾的奶茶与蛋糕，坐到夏栀的身边。

夏栀双手捧过奶茶，香气扑鼻，顿时觉得肚子里空荡荡的饥饿感，问道："你怎么知道我在这儿？"

"想知道，怎么会不知道？"沈欧笑容轻浅，将夏栀最爱的草莓蛋糕喂过去。

湖边来来往往三两人，夏栀薄薄的脸皮还是泛红了，她想接过沈欧手里的餐叉，羞涩地说："我自己来。"但是沈欧很坚持，夏栀只好由着他喂了。

"这次'唯爱'作品可有想法了？"沈欧动作娴熟，一口一口喂着夏栀，喂得夏栀心里暖暖的，脸也热热的。

她还是忍不住抓过沈欧的餐叉，嗔怨道："我又不是小孩子了。"

"可你是我的女人。"沈欧语气笃定，抚摩着夏栀的长发，害得夏栀险些呛住。

空气中的甜蜜因子太过腻人，夏栀的心都慌乱起来了，借着话题转移注意力："我一直在思考'唯爱'的意义，唯一的人？唯一的爱情？可是如何才能准确又充满新意地展现，我想这次真是难倒我了。"

沈欧望了望天上的星辰，回过头来的眸色满是温柔："是漫天繁星中，唯一喜欢的那一颗；是茫茫人海中，唯一有感觉的那个人。又或者唯爱，是最唯美的爱情，是生命中无法忘怀的美好回忆，也可以是你最爱的那朵花，最喜欢的那片云。唯爱这个主题，其实没有局限性，你只要开拓你的想象力，任何事物都可以是唯爱。"

"你这样说，我好像明白，又好像不明白。"夏栀仰望星空，"冥冥之中一切注定，也许这就是唯爱的意义。"

沈欧浅笑："我相信你可以设计出好的作品。"

　　"接你吉言。"夏栀从包包里掏出一条银白色的领带，"原本打算在你生日的时候送给你，看在你如此鼓励和信任我，就提早几天送给你吧。"

　　"谢谢，这是我人生的第一个生日礼物。"沈欧面露喜色。

　　夏栀诧异不已，沈欧却只是风淡云轻地一笑而过，并没有过多的解释，夏栀自然也就不会再去追问他："第一次过生日，我岂不是赚到了？"

　　"哪有那么夸张。"沈欧用手指敲打夏栀的脑门儿，他看了看左手腕上的手表，语气是男友的口吻，"这里待久了怪冷的，我送你回去。"

　　夏栀回到公寓的时候，没想到面临一片狼藉，茶几上凌乱地散落着几个空酒瓶，地上还洒了些许酒水，在脚印的沾染下变成了污迹。

　　卫生间里传来一阵呕吐的声音，夏栀看见萌萌正在给抱着马桶的郑薇柒拍背，她上前想要表达关心，却仿佛受到指引，目光停落在垃圾桶里的测孕试纸上，明晃晃地两条红线刺痛了夏栀的双眼。

　　"栀子，你可回来了，郑薇柒喝酒跟不要命似的，我都劝不住。"萌萌一把抓起来坐在地上的郑薇柒，想将她拖到沙发上。夏栀捡起垃圾桶里的验孕试纸，问道："谁的？"

　　萌萌瞪圆了眼睛："怎么会有这个？"她立刻会意了，低头看着醉酒的郑薇柒，突然沉默了。

　　郑微柒把萌萌看成高盛，指着她哭着说："你为什么要这样对我？你个浑蛋！"

　　她们都明白惹郑微柒伤心落泪的人是谁，萌萌安慰着微柒："不哭了，咱们去揍他！"

夏栀想打电话指责高盛，但她翻找着包包，发现手机不见了，问道："萌萌，你看见我的手机没？"

"我还想问你呢，打电话怎么都不接。"萌萌给稍微安静下来的郑薇柒盖了条毛毯，"你手机丢了？"

夏栀努力回想着自己可能丢手机的地方，在湖边她没有用过手机，应该是落在公司里了。

夜色已深，时钟指向九点的位置，电梯门在第四层办公楼打开，夏栀发现楼层灯火通明，想起沈欧说过要回来处理事务，心中还在盘算该怎样为他准备宵夜，在走到自己办公室的时候，她看见手机静静地躺在桌子上面，也看见舒怡均正巧从沈欧的办公室里走出来。

舒怡均见到夏栀的时候，脸色明显浮起一丝尴尬，好像一个做坏事的小孩被发现一样，让夏栀心中产生了疑惑。

"夏栀，你怎么会在这里，都这么晚了。"最后一句语气明显加重。

夏栀只是淡然一笑，手中晃动着自己手机："手机落在办公桌上了，过来取。"

想必沈欧听见了夏栀的声音，在办公室门口唤她："夏栀，你来得正好，有个设计你来看一下。"毕竟他们的关系还没有在外界公开，面对舒怡均多少要防备一些。

夏栀没有多说，默默地进了沈欧的办公室，办公室与平时没有什么不同，也并没有发现舒怡均做贼心虚的蛛丝马迹，除了办公桌上的一杯冒着热气的咖啡而已。

这并不能说明什么，夏栀心里这样想，沈欧毕竟是上司，员工为他倒一杯咖啡再寻常不过了。

不过沈欧倒显得有些拘谨，笑着说："夏栀，你不要误会。"

"误会什么？"夏栀澄澈的目光看着沈欧。

沈欧莫名地笑了："还以为你这么晚搞突击，要审查我呢！"

"我手机丢在桌子上了。"夏栀耸耸肩，又接着说，"我可不是个爱吃醋的女生。"

沈欧深深地望着夏栀。

手机屏幕亮起来，来电人是萌萌，情况显得有些紧急，萌萌电话里哭着说郑薇柒忽然流了很多血，吓得她不知道如何应对。

夏栀知道这个时候她更不能慌，叫萌萌打车送郑薇柒去医院，并准备与沈欧匆匆告别，赶往医院。

"我送你吧！"沈欧抓过夏栀的手。

夏栀用余光示意还在加班的舒怡均："这样太突兀了吧？"

"没事，你先下去，等我几分钟。"沈欧从自己的抽屉里掏出他的车钥匙，"现在太晚了，我送你回去，以后不要一个人这么晚出门。"

"好，知道了。"夏栀推门出去，与舒怡均打了个招呼，直接去往电梯门口，当电梯门关上的一刹那，她才回味刚刚沈欧霸道的关心，像个暖人的围巾，轻轻将她的心房包裹。

思绪飘回，回想起郑薇柒的境遇，她趁着等待沈欧的空当儿，拿起手机拨通了高盛的电话。

医院门口，沈欧抚摩着夏栀的长发，关怀的语气："自己小心点儿，我在车里等你。"

夏栀回以会心的笑，来不及说道别，就匆匆下了车。

自打他们初识到现在，没有一次正式的道别，好像彼此都在潜意识中避讳这件事情，也不知道是从哪里得到不安的种子，种植在彼此的心底，不敢说出"再见"两个字，再见，到最后总是再也不见。

可偏偏命运就像是巨大的罗盘，在你不经意的时候，将指针移动到你无法控制的那一处方向。

夏栀推开病房的时候，郑薇柒躺在床上脸色惨白，好似被雨打落的一只蝴蝶，极其虚弱，紧闭的双眼微微颤抖，如同陷入一场无法自拔的梦魇。

"栀子，你可算来了，你不知道当时薇柒流了好多血，吓死我了。"萌萌抓住夏栀的手臂时，心中的慌乱才算减轻一些。

夏栀尽量压低自己的声音，以防将郑薇柒吵醒，问道："医生怎么说？"

"薇柒，流产了。"萌萌眼中流露出悲伤，叹息着，"也不知道她和高盛之间究竟发生了什么，把薇柒害成这样，我一定要找他算账。"

此时，高盛推开房间的门，萌萌心里的火气正愁没处撒，一股脑儿地倒给了高盛。

"你是怎么回事儿，薇柒这样你知道吗？你这个男友是怎么当的？对薇柒不闻不问，还让她伤心流泪。"

眼见着萌萌身上的火气越来越足，夏栀连忙拦住她，打断了她的话，说："萌萌，你先出去一会儿。"

萌萌知道夏栀会处理好，她便没再多说什么，径直离开了病房。

夏栀看着面前的高盛，他穿着一身黑色西装，容光焕发，像是刚刚经历过一场喜宴，与郑薇柒的惨淡形成了鲜的明对比，让夏栀心底的怒意燃烧，可她还是保持着理智，平静地说："你跟薇柒怎么了，分手了？"

"没有，她怎么了，发生了什么事？"高盛原来一无所知。

"你是不是她的男朋友？！"他不断地给夏栀强忍的火气添加易燃易爆的汽油。

"让他走。"一道虚弱的女音从病床上传来，郑薇柒吃力地坐起来，用冷漠又决绝的目光看着高盛，"你走，我不想看见你。"

她如同一片残落的叶子，在风中摇摇欲坠，脸颊没有丝毫血色，看上去让人心生怜悯，可是她死咬着嘴唇，像是坚守着最后的底线，竭力地说："我的事情与你没有关系，你走吧。"

高盛心疼这样的郑薇柒，平时她那么骄傲自信，而他对她做了什么，他比谁都清楚，他的内心充满愧疚，却不想改变这份愧疚，只是用他一贯柔和又有距离感的声音说："对不起，薇柒，我这几天太忙了。"

"忙？呵呵，是啊，忙着与豹纹妹在街头亲吻吗？"郑薇柒嘲讽着，眼中充满厌恶。

高盛愣住了："你知道了？"

郑薇柒沉默不语，她还能清晰地回忆当时的繁华街景，高盛与别人热吻的样子，那一瞬间就想是一个蹦极者从高空跳下，只因背后绑着一根绳索，才让她失重的心保留着最后的底气，她想要冲上街头，对着高盛甩一耳光。

突然一阵恶心的感觉由心底上升到胃里，郑薇柒拍下照片，便转身跑到女厕里止不住地翻江倒海，良久停息后，她将包包放在水池边上，整理一下衣装，恰好身边一名女子正在通电话，不停地抱怨："都怪你不做措施，这下子好了，我怀孕了，你说怎么办吧。"

郑薇柒看着女子拿着包包离开，女子的话音渐渐远去，"我最近总是想吐，大姨妈推迟好久了，结果一试……"

未知的恐惧像蜘蛛编织的网紧紧地黏附在她的身体上，她颤抖的手拿过包包。离开饭店的时候，看见高盛与豹纹女已经开着跑车消失在街景，她顾不得他的行踪，直接奔向药店。

回到女生公寓的时候，躲在厕所里的郑薇柒濒临崩溃，醒目的两条红线好像两道红色警报，预示进一步走向深渊的嘲笑。

可是她不会告诉高盛，在他背叛她的那一刻，就已经决定放弃他了。

"不然呢？高盛，没想到你这样的人！"郑薇柒毕竟也是富人圈的，圈子那么小，她将拍下的照片发送给她的朋友，不仅豹纹妹查出了底细，也查到了高盛借代驾一职，专找富家女被包养的秘密。

高盛百口莫辩，连道歉都不够诚恳："薇柒，我知道这件事情是我不对，可是我也有苦难言。"

"苦？什么苦？家境贫困，父母年事已高？即便如此，你也是S大的高才生，有必要这样堕落自己吗？"郑薇柒打心底里鄙夷他。

"你说什么？"高盛嘲弄着，"我确实不够专一，可你也不用这样诋毁我吧？怎么就堕落了？把妹就算堕落了？"

火辣辣的一记耳光扇了过去，扇在高盛的脸上，他惊讶地看着夏栀，难以相信她会动手。

"高盛，我真没想到你是这样的人，以前的你去哪儿了？"夏栀的手上还留着灼热感，可想而知刚刚她用了多大的力气。

高盛手捂自己的右脸，他的眼眶居然泛红，目光深情，夏栀真的不明白，他左右逢源，为什么还要在她面前演一出痴心男为爱受伤、不得已夜夜笙歌的戏码。

"栀子，我一直没有变，你听我解释。"

"你不需要对我解释，薇柒因为你流产了，你知道这对一个女孩的伤害有多大吗？我真的没想到，你竟然劈腿，你竟然这么不负责任！"夏栀指着门口，"你出去，不要再来打扰薇柒。"

高盛紧抿嘴唇，以破罐破摔的态度说："这件事情我确实对不起薇柒，我道歉，不过我说过我有的苦衷，你们不能理解就算了，我们好聚好散。"

在高盛将大门狠狠关上的刹那，郑薇柒双手捂着脸颊号啕大哭，嘴里的话语含糊不清，"没想到，他是这样的人，他怎么可以去做那种事？"

夏栀想要去安慰，可是她觉得这样的时刻，任何安慰都无济于事，她只好将薇柒抱住，心疼地说："想哭就哭吧，哭出来会好受一些。"

郑薇柒将头靠着夏栀的肩上，哽咽着说："夏栀，你知道吗，为了钱他居然去做那种事，他怎么可以把自己活成这样不堪？"

"什么事？"

夏栀问，郑薇柒没有多说，哭泣声淹没了一切。

14.

　　将郑薇柒哄睡，萌萌留下来陪她，夏栀才离开。

　　回去的时候，沈欧在车里睡着了，夏栀突然觉得很温暖，趁着他未醒，偷偷地俯身在他的脸颊上贴了一个吻，正打算抽身而退，却被身后大臂揽住，沈欧顺势在她的唇上留下印记。

　　"原来是装睡。"

　　"我这是闭目养神。"

　　两个人会心而笑，真希望时光能走得慢一些，在细小的尘埃里，品味着恋爱的滋味。

　　因为高盛和郑薇柒的事情，让夏栀更加明白要珍惜沈欧的温情，也因此害怕失去。关于去美国的事情，沈欧没有再提，夏栀也没有给予回应，生怕一念之差，让彼此留下不得已的遗憾。

　　夏栀大部分的精力都专注在"唯爱"作品的设计上，只有全神贯注地工作与设计，才能让她忘记目前要面临的选择，也正因为如此，她的设计超出预期的时间完成。

　　一切顺利，只欠东风，夏栀打算将设计作品交到岚凌的手中，一通电话打断了她的行动，沈欧低沉的声音传来："夏栀，去美国你可考虑清楚了？"

这个问题终于还是要面对的。

"我还没有想好。"夏栀如实回答。

"你请半天假，来我这里，不管你去不去，先把护照办了。"沈欧行事喜欢未雨绸缪。

"好。"夏栀挂掉电话，整个心思都在沈欧的话上。

舒怡均经过她的身边，笑意盈盈地说："夏栀，愣什么神儿呢？"

"没事，我有事情要出去一下。"夏栀浅笑。

"我看你要送文件，不如我帮你，你去处理你的事儿。"舒怡均的微笑永远是亲和的，然而在她的笑容下面，掩藏着什么目的，似乎快要破土而出了，张开贪婪的嘴脸，就要暴露了。

夏栀察觉不到她内心的渴望，眼下她最在意沈欧，便将自己的设计图交到舒怡均的手里，不好意思地说："麻烦你了。"

"没关系。"舒怡均坚持最后一丝笑容，她紧紧地抓着夏栀的设计图，将其悄悄地放回到她的文件里。

"这有什么好犹豫的。"萌萌坐在沙发里吃着零食，得知夏栀有可能去美国，感觉比自己中了彩票还要激动，"当然要抓住这个好机会，去美国进修啊！想想与男神在异国他乡谈一场浪漫的爱情，他又能带领你走向更美的新世界，是多少女孩都梦寐以求的。"

夏栀怎么会不知道这的确是个好机会，但并不是所有事情都能够如愿以偿："沈欧如此优秀，家族实力非常雄厚，而我呢，只怕谈不起这场恋爱。"

萌萌丢掉手中的薯片，一把抓过夏栀的手臂，恨不得替夏栀做这个决定："夏栀，你别这么傻，沈欧愿意带你去美国，说明他对你是认真的，不然凭什么他要负责你的人生呢？而你只要不辜负他的心意，在美国稳扎稳打力争一席之地，努力去靠近他所站的位置，哪怕最后你们可能因为种种原因不能在一起了，但是留给彼此美好的曾经，也是一种经历，更何况你们还没走到那个地步，怎么知道就不能在一起呢？"

"你说得也有道理。"夏栀将护照所需要的证件找出来，"但是两个人的感情，如果变成一种负债，难道就不会影响以后吗？"

"栀子，你就是顾虑太多，不要怕受伤，相信自己，如果因此与沈欧错过，你不觉得遗憾吗？"萌萌说着，突然眼泪汪汪地抱住夏栀，似乎夏栀马上就离开了一样，"以后你远在他乡，想见你真的不容易呢，一定要好好照顾自己。"

"干吗这么煽情？"夏栀也被带进萌萌制造的情绪里，难以接受别离的感觉，眼眶微红。

走出车站，夏栀顿时觉得轻松许多，整颗心如同展翅的鸟儿，欲要欢快地飞翔，她终于明白自己的心所向往，根本无法欺瞒。

可惜上帝往往在你以为顺利的情况下，毫无预兆地将命运的棋子挪动了方向，无论你得到的是幸运的光环，还是厄运的降临，但都别无选择，只能接受。

夏栀站在街角，看见在街道对面，高盛与性感女子在马路上亲吻。她万万没有想到，时隔多年，他怎么会变成现在这个样子，薄情、花心，这些贬低的标签，怎么也不该贴在高盛的身上。

夏栀看到那名即将离开的美女，将一张银行卡递给他，夏栀听不到女人在说什么，只能看见高盛笑颜接受，还不忘在女子的脸上留下眷恋一吻。

在车水马龙的街景里，高盛目送女子驾驶跑车离开，视线回落的瞬间，准确无误地认出了对面的夏栀，他眼中闪过惊惶、错愕，但也很快回归平静，甚至眼底泛起暗嘲与自甘堕落的无奈。

高盛对郑薇桑的态度，令夏栀难消心中怒气，但是更大的疑惑盘旋在心底，她始终不相信他会是这样的人。

夏栀朝着高盛的方向走去，她希望将疑惑解开，这时候手机传来了简讯，心中大概能猜到沈欧的等待有些焦急。在她选择是否继续去质问高盛时，没有注意一辆货车横冲直撞而来，准确地朝着夏栀的方位驶去。

高盛的呼喊声淹没在货车尖叫刺耳的刹车中，仿佛一个石子投进深不见底的海域，只能看着冲击力像浪潮一般将夏栀撞出几米之外，她就像个被抛出的落叶，无力抵抗死神拨弄的游戏，躺在地上的刹那，她只觉浑身是火辣辣的，像掉进了煤炉里熏烤一样，之后她的眼前越来越黑，鲜血顺着她的身体缓缓蜿蜒成一条艳丽的小溪。

落在地上的手机的屏幕突然在这时候亮起，是沈欧的简讯提示，内容显示在未解锁的屏幕上：

夏栀，我现在赶往机场的路上，父亲病重，必须立刻回去，你先办好护照等我回来。

你有没有为了一个人，心甘情愿地等了他许多年，等到自己已经忘记当初为什么等他，又是为什么坚持这么久，等到最后，如同等待一场荒凉的盛宴。

等我回来。

这一句话被经过的汽车狠狠碾碎。

对于昏迷不醒的夏栀，这一场没有道别的离别，或许成了永久错过的遗憾。

Part 2

•
•
•

15.

三年的时间，是长还是短？

其实很长，长到对曾经爱过的人，消磨掉当初全部的悸动；其实也很短，短到还不足以忘记，深情相拥过的那个人。

记忆似乎在阳光泛暖的午后，从郁郁葱葱的绿叶间，浮动而逝。

四季更迭，转眼间已经来至初夏，风还未烈，天还明媚，可惜再温柔的风，也吹不透高楼耸立的玻璃窗。

上海，满溢着怀旧气息的城，时而温柔，时而冷漠，无情地扬起高傲的嘴角，俯视着每一个怀揣梦想和欲望蓝图的人。

夏栀涂着浅浅的妆，穿着干练的职业裙装，踩着裸色细高跟，脚步轻快，朝着地铁站走去。此时是下班的高峰期，地铁涌进一大批的人群，每个人都在寻觅最佳位置，为挤地铁而蓄势待发。

每次经历挤地铁这件事，夏栀感觉自己像热粥中的一粒米，虽然地铁里的空调设施很到位，却架不住人多拥挤汗流浃背，等她终于脱离人海，直奔回家的方向，打开公寓的大门，沁凉的夏风从阳台穿过客厅，整个身心才得以解脱。

她将衣服丢进洗衣机里，去冲个热水澡，片刻后裹着浴巾出来，坐在沙发上擦头发，手机的微信提示音响起，打开发现是"好姐妹"

群组，成员一共三个人，夏栀、郑薇柒和萌萌。

"喂，告诉你们一个好消息，我和彭宇在一起啦！"萌萌的对话框里，连发了好几个幸福的笑脸。

"我的天，这是什么爆炸性新闻，你跟那个渣男在一起了？"郑薇柒发出一脸惊讶的表情。

"他追了我三年哎，我想总该给他一个机会。"萌萌害羞地说，"而且我也觉得自己还是喜欢他的。"

"你呀！"夏栀一阵唏嘘。

郑薇柒随之感叹："哎，真是人各有命，想想姐姐我貌美如花，怎么就没人来追呢？"

"你得了吧，现在都升职做总经理啦，我羡慕还来不及呢。"萌萌发送一个鄙视的表情，"什么时候我爸也能这么有钱，让我当个经理过过瘾，或者总监也行啊！"

夏栀对着手机笑了笑，连打出一串字句："一定是薇柒的要求太高，把爱慕者都吓得不敢露面了。"

"这倒是有可能。"萌萌赞同着，"栀子，你呢，还好吗？"

"我今天刚刚转正，成为名雅珠宝公司的正式员工了！"夏栀早就想把这个好消息告诉她们了。

"那应该好好庆祝一下！"郑薇柒发来一个竖起大拇指的表情。

"明天请我们设计部的人员吃饭庆祝。"夏栀回复着。

"这么大方，回头我和薇柒去上海看你，你可得带我们好好吃喝玩乐。"萌萌调皮地说。

"当然。"

谈话告一段落，夏栀看着手机屏幕黑了下去，心里却是暖暖的，真正的友情哪怕隔着万水千山，依旧能够传递到你的心里，不论时长，依然如初。

想起萌萌刚刚的一席话，记得当年萌萌在学校引发的掴掌风波，没想到此事的男主角，这么多年不离不弃，执着追求，终于打动了萌萌，接受了他。

无论之前他是否有错，三年的光阴也足够原谅，不是谁都能有这份执着。

忽然心底泛起一股陈旧的酸涩，回忆倒带，那些曾经美好的片段，终是轻易地逝去了。

都说任何事情抵不过时间，在白天与黑夜无尽的交替之后，多么深刻的曾经，都会在无法衡量的速度中，或快或慢地流逝。

夏栀在这三年里，因车祸昏迷，父亲几乎花掉了所有积蓄为她治疗。也许是上苍怜悯，一年后她醒来，克服种种困难，恢复健康，用两年的时间完成了学业，成为 S 大顶尖的学者。

两年的时间里，夏栀心底最重要的那个人，音信全无，连芙蕾珠宝公司，因不明原因突然搬离。

仿佛遇见沈欧这件事情，只是她这一年来沉睡的梦，梦醒了，一切都回到原点，梦中的所有，那么真实又那么迷幻，却再无踪迹。

直到她在电视上，看到娱乐新闻爆料，天星集团独子沈欧，私下与某明星，也是业界富商的千金商议订婚。

她怔怔地望着电视屏幕，看见沈欧在某时尚展会接受采访，他表情冷峻，应付媒体记者的提问游刃有余，他就站在高高的位置上，习惯于闪光灯的聚焦，习惯成为备受瞩目的焦点，仿佛遥远得不可触及的星辰，曾经一度给她可以靠近的幻觉与欣喜，如今退回现实，夏栀只剩下眼底的泪水。

他的目光中再也找不见她的身影，恍若她不曾来过一样。

她只好选择离开，离开这个伤心之地，离开让她充满幻想的北市，孤身一人执意留在上海，进入名雅珠宝公司，历经三个月的实习，终于成为一名设计师。

名雅珠宝公司虽然比不上芙蕾，但在业界也是小有成绩，如今夏栀的出现，明显为名雅带来更多可能，设计总监非常赏识夏栀的能力，决意悉心栽培。可惜不过半月，名雅公司就传出人事调动的听闻，并且声称名雅公司可能会被某集团收购。

流言在各个部门传得沸沸扬扬，可上级口风很紧，收购一事成了大悬念。

越是充满神秘色彩，越发引起大家的猜测，这件事情已经成为茶余饭后首选话题。

"夏栀，看你每天干得这么拼命，都不关心今后的前途吗？"同事小优握着手中的咖啡，坐在白色皮椅上一脸忧愁。

咖啡机流出滚烫清香的黑咖啡，夏栀将杯子取出，放入两颗奶油球和一袋糖。她坐在小优对面，淡定地说："有什么好担忧的，咱们设计部最不用顾忌此事，只要拿作品说话就行。"

"哎，可不一定！"小优摇摇头，"这次如果被某集团收购，到时候公司上级部门做一个大调整，就连咱们的设计总监可能都难于幸免，万一换成挑剔或者品位不相投的领导，可就是另一番风景了。"

"那就由他去吧，我担心也没有用，还是做好自己最重要。"

在夏栀的认知里，靠实力远比虚与委蛇来得长久。

小优撇撇嘴说："你倒是想得开。"

"不然呢？像你这样天天惆怅，难道就能知道结果了吗？"夏栀放下手中的咖啡杯，"虽然前途不明，但是每天的太阳都是新的。"

"你这么一说，还挺有哲学意味的。"小优笑出了声，"哎，不过我可是听说，这次收购，很有可能是天星集团呢。"

夏栀心中缩紧，仿佛被电击一般，一瞬间的刺疼感，但是面色上保持她惯有的淡然："天星集团又如何，终究都是要被收购的。"

"可若是天星集团就不一样啦，毕竟商业界的巨头，咱们以后的靠山会更加稳固，而且——"小优一脸兴奋，"据说天星集团总裁沈欧，可是钻石级男神，我若能目睹他的真容，天天加班都愿意。"

听到"沈欧"二字，夏栀真的想克制自己，争取同听见"白云""阳光"这些字眼一样寻常，可惜她做不到。

"沈欧"这两个字，仿佛是岁月里一首过气的流行歌曲，只是重新回放，心底还会浮现青葱年月里，最深刻的触动。

夏栀默默告诫自己，一定要冷静，保持内心无波澜。可越是如此，她越不能静心，像是患上某种强迫症一般，自己跟自己较劲，最后没有输赢，只剩下疲惫。

她只好不断地告诉自己，不论天星集团是否收购名雅，她不过是一名小员工，做好本职工作便可，哪怕见到他，他也已经是别人的未婚夫，与她再无瓜葛。

可是为什么她一遍遍地重复他的名字，敏感的心就一遍遍地产生疼痛感。

夏栀看着自己的卧室，窗帘上挂满了她折叠的银色星星，当初这样装饰纯粹为了美观，而如今，她看着这些纸星星，夏风微微吹进来的时候，颗颗星辰在轻柔的月光中闪烁，像坠落窗内的流星，带着点点梦幻的银色。

她终于承认自己失败了，她根本忘不掉他，她还是会为他痛心，会想念他，可她不想再见他，如今他的身份，再见面只会更尴尬。

可惜更尴尬的事情还是发生了。

和往常一样的工作日，夏栀在自己的办公桌前，计划下一个展会的设计。

有脚步声渐渐靠近，设计组长快步过来，匆忙地说："夏栀，拿着资料跟我上去。"

夏栀没有多想，找到提前准备好的会议资料，跟着组长进入会议室。直到落座，她都没有察觉到，坐在会议大厅的最高位置上，一双目光惊讶地望着她。

名雅公司的副总首先介绍："这位是天星集团的沈总，以后就是名雅公司总裁，大家欢迎一下。"

夏栀听到这句话后，会议室的掌声像是为了掩饰她的震惊而响起，她真怕自己是幻听，却更害怕这不是幻听。于是她一直低着头，看着自己的文件，不敢抬头去确认，不敢去面对沈欧。

他是如何看待自己的？

是惊讶，还是平静，或者陌生，就像从来不曾认识她一样的陌生。

"大家好，我是沈欧，以后就是名雅公司的总裁，我希望你们不要因为名雅上层的变动，而影响了你们的工作，我向来喜欢看实力说话。"沈欧面色沉稳，目光虽然寒冷，却始终停留在角落里的那个女孩身上。

"现在大家都做一下自我介绍吧，我们彼此认识一下，由你先开始。"他指着左边临近的职员。

沈欧的声音清清楚楚地在会议室里回响，夏栀的大脑程序瞬间全部死机，顿时感官全部消失，只剩下茫然然的心跳声回荡，证明她还活着。

夏栀曾经不是没有幻想过与沈欧的重逢，在S大修学的那两年里，她每天都在期盼着他能够出现在他们常去的湖畔，或者学校的咖啡馆，又或者毫无征兆地出现在她的面前，对她温柔地笑，或者展开一个大大的怀抱，可惜从未得以实现，只剩幻想徒劳的空壳。

然而当沈欧即将订婚的消息传遍业界，夏栀再也不想见他，再见面又算什么呢？旧情人？陌生人？老校友？他不再是从前的他，她也不想看见现在的他。

可命运总是喜欢这样捉弄人，你越是期待，就越是失望，越是害怕，就越容易噩梦成真。

如今沈欧以名雅公司总裁的形象坐在这里，夏栀可以想象到他英俊不减的容颜、深邃冷漠的双眸、强大的气场震慑所有人，他剪裁合身的昂贵西装妥帖着身，笔挺有型的身材展露无遗。

任凭她怎样猜测他的模样，却始终不敢抬眼去证实她的假想。

"喂，夏栀，到你了。"

同事做完自我介绍，停留出一个很长的空白，像个未完待续的结尾，本就噤若寒蝉的氛围，更加令所有人的神态悬浮而起，同事也随着夏栀的心不在焉紧张起来，在她旁边小声提醒。

"什么？"夏栀回神儿时，看见会议室里的目光都齐刷刷地投射在自己身上，同事再次提醒，"自我介绍。"

夏栀见到设计组长的脸色，像要掉进沸水里一样的焦心急切，她只好硬着头皮，使劲儿压抑着内心的忐忑，保持着冷静甚至冷漠的音色："沈总好，我是设计部的员工，夏栀。"

沈欧气定神闲，右手却用圆珠笔将桌上的文件纸划出一道破痕，他定定地看着不远处的夏栀，从始至终她都没有正眼瞧过自己。

"我是舒怡均，芙蕾公司的首席设计师，以后就是名雅设计部的总监，请多关照。"

这句话如同闷热难消的伏天里，一场突然降临的冰雹雨，砸的整个人透心凉，随之而来是彻骨的冰冷，精神抖擞地打几个喷嚏。

夏栀的目光聚焦在舒怡均的身上，她还是如从前一样亲和的笑意，仿佛对谁都愿意关怀备至，可她却始终都没有瞧夏栀一眼，仿佛当她如同空气。

会议结束后，得了遣散令，夏栀一刻也不想多停留，快步走出门，刚回到自己的位置上，同事便传话："新任总监让你过去。"

敞亮的办公室，舒怡均一身名牌服饰，高高竖起的马尾辫，一双"恨天高"将她的身形衬托得更加修长，完全一副著名设计师的派头。见到夏栀时，她的脸上洋溢着如初的笑容："夏栀，好久不见，刚才还以为是我眼花看错了，现在看来真的是你呢！"

"好久不见，没想到如今你已经成为芙蕾公司首席设计师，更是名雅设计总监，恭喜你。"夏栀的笑容永远温和清爽。

舒怡均谦和地笑着说："如果当初你能回来，说不定你已经在芙蕾获得比我更好的成就。"她靠在宽大的书桌前，"不过，这几年你去了哪里？为什么突然离开芙蕾？"

"一言难尽。"夏栀并不想将过去都透露给她。

舒怡均轻松地耸耸肩，不再追问，而是说："如今能见到你真好，希望以后我们相处愉快。"

夏栀淡淡地回以微笑，没有将叙旧放在心上，可之后的舒怡均，非常刻薄和挑剔。设计组每次上交的作品，都至少被退回三次，对夏栀更是变本加厉，而舒怡均自己带过来的一组，总是顺利通过，并且享受任何优先权。

"总监到底是什么意思啊？明显就是刁难，生怕抢了她一组的风头。"公司餐厅里，小优拨着碗里的菜，抱怨着舒怡均的作风。

夏栀坐在她对面，夹起一根青菜："也许她是在磨炼咱们。"

小优哀叹地把红烧肉放进嘴里，一边嚼一边说："夏栀，你总是把人想得太好了，我想她肯定是希望借这次机会做出一些成绩，毕竟她这个过气的设计师，能够成为名雅的设计总监，已经是最后的机会了。"

"过气的设计师？"夏栀不解地问，"她不是芙蕾公司的首席设计师吗？应该颇有名气才是。"

小优嗤之以鼻："当年倒还给业界带来不小的震惊，可是如今，作品一件不如一件，芙蕾公司首席设计师的地位岌岌可危啊！"

"当年是指？"

"你不知道吗？好歹你也是混设计圈的，未免太孤陋寡闻了吧！"小优啧啧地说，"芙蕾公司在欧洲展会上大放光彩，全凭舒怡均的作品，那个作品还被欧洲誉为'最动人的爱情'呢！"她边说边翻动手机屏幕，递给夏栀看，"喏，这就是当年欧洲展会上的作品。"

手机屏幕上的珠宝清晰无比，夏栀确信不是自己眼花，她的味觉瞬间消失，面前再可口的饭菜都变得如同嚼蜡，取而代之活跃起来的，是她内心深处的惊涛骇浪，翻江倒海之势，险些就将她整个人淹没。

这件珠宝轰动全欧洲的力量，此时冲击着她的四肢百骸，她甚至在几秒钟内觉得自己全身发麻，连小优的手机都掉在了餐桌上。

"喂，夏栀，你怎么了？"小优从来没有见过夏栀这么苍白的脸色，让她有些紧张和担忧。

"我，我没事。"夏栀抓获最后一道理智的光，在脑海里不断提醒自己要冷静，别冲动。她做事一向自控力很好，可是这件事情上，她恨不得立刻冲到舒怡均面前质问她。

那颗被誉为"最动人的爱情"的珠宝，明明就是三年前她出车祸的那天，亲手交给舒怡均的"唯爱"设计。

之后，夏栀完全心不在焉，她的内心处于深度纠结，是否有必要找舒怡均对质，毕竟舒怡均属于剽窃罪，对她的设计作品严重盗取。可事情过了这么多年，又从哪里找来证据，证明这件作品是夏栀的呢？可如果就这样装作没发生，夏栀又心有不甘。

这样反复的思虑，让夏栀心头沉重，直至挨到了下班，她提着包走进电梯，拿出手机翻开微信，在"好姐妹"群组里发了一条信息：等我回家，有件很严重的事情跟你们商量。

而然，当电梯门"叮"的一声打开，夏栀欲抬步要走，却被眼前的人挡住了去路。

16.

上次会议结束后，夏栀一直没有见到他，他今天穿着浅灰色西装，搭配黑色贴身衬衣，银白色领带打着精致的结，整个人的气场散发着无形的光亮，疏远又粲然。

夏栀发现那条银白色的领带，与她之前送给他的那条如此相似，她希望是自己看走了眼，不想被自作多情设下一个狼狈的圈套，与他只是淡淡地打招呼："沈总好。"

沈欧站在电梯口，没有要进去的意思，反倒挡在夏栀的面前，只是定定地望着她，仿佛时间都因他意味深长的目光而凝缓。夏栀却不想再多停留，径直从他的身侧离开。

"夏栀。"沈欧探出手一把拉住她。

夏栀的心间像个暖水瓶，里面盛满了翻腾的热气，膨胀感令她疼痛。

她深深地吸一口气，转身以平和的姿态，面对沈欧："沈总，有事吗？"

"跟我走。"

极简的话语，令夏栀来不及反应，已经被沈欧拉进电梯，按下了 B2 键。

夏栀微恼，可内心的期待，令她不动声色。

她尽量保持理智，谨记他如今已是别人的未婚夫，打定主意与他说清楚，虽然他的出现，给了她惊喜，可惜最终抵不过现实的残酷打击。

白色保时捷行驶在街头，车厢内的沈欧沉默，夏栀听见自己紊乱的心跳，原来感情无法靠理智就可以熄灭。

默默地行驶了一段路程，直到沈欧将车子停在江边一处安静的岸上。

似乎感受到沈欧的注目，夏栀选择率先下车，走到江边看着天水一线的景色，此时黄昏向晚，泛着陈旧气息的余晖洒入江水里，随着微风与波光浮动，美不胜收。

"夏栀，这些年你去了哪里？"沈欧站在她的身边，想将多年的心结解开。

夏栀看着他，他的眼睛好看极了，深邃又染着温色，带着某种吸引力，让你毫无防备地将自己的目光全部投递进去。

"都过去了，又何必提起。"夏栀回想过去，百感交集，不知该如何开口，"何况现在的你过得好，就够了。"

"夏栀。"沈欧靠近她，"我过得不好，因为我不知道你过得好不好。"

时间总是显得无情，曾经亲密过的爱人，久别重逢，所有想象的冲动全部褪色，裹夹着顾虑与猜疑，害怕某一方早已改变，不复当初。

"这些已经不重要了。"夏栀转眸看着远处的风景，微风将她的长发撩起，楚楚动人，"我从心底里祝福你。"说着她就要离开，

"我们的事情，已经过去了，以后不要再提起。"

沈欧心中百转千回，他想要看到的不是这样的夏栀，她应该哭着埋怨，质问他这么多年为何不找她，她应该生气，难过他为什么要和别的女人订婚，是不是已经忘记了她。

可是所有的预想全部被夏栀的冷漠全部打碎。

"夏栀！"沈欧狠狠地抓紧夏栀，仿佛她下一秒钟会化成泡沫消失，他想说什么，却发现千言万语都难以找到一句剖白内心的字句，"别走，留下来。"

夏栀差一点儿就动摇了，她等他的拥抱，等他的寻找，等他的挽留，曾经等到万念俱灰，等到失去意义。如果那时候的她，一定会欢天喜地地给予他回应。如今时过境迁，以前他们之间面临的鸿沟，现在只会更加明显与艰难。

"别这样，沈欧。"夏栀轻轻地将他的手拿开，"时间真的会改变许多，曾经以为不会变的，现在都已经不一样了。"

"夏栀，不要走，留下来，我还有好多话想说。"沈欧第一次体会到言语的苍白无力。

"沈欧，三年了，再纠结过去有意义吗？你已经拥有你全新的生活，而我也在对我的人生努力，我们之间只是缺声道别。"夏栀早已料到说出这些话的时候，心底如刀割一般疼痛，"现在的我，什么都不能留下，能够留下的，只有这向晚的风景。"

沈欧看着夏栀的背影，她一身白裙，像开在江边的栀子花，清雅美丽，又那样绝情。仿佛三年的时间，已经磨褪了对他的所有感情，究竟发生过什么，他突然迫切地想要知道真相，难道她已经有了心上人？她已经走出了他们的回忆？这样的揣测让他不安。

沈欧拨通了一个电话，屏幕上的名字是慕月华，接通的那一刻，他心底的愤怒难以遏制，吼道："为什么要欺骗我？"

"你说什么呢？"

"夏栀死亡的假象，是你安排的，对不对？"

慕月华在电话另一头沉默良久："你回家，我们见面谈。"

夏栀回到家里，卸下伪装的冷静，自己坐在沙发上，抱着枕头默默落泪，像一个被世界遗弃的孩子，无辜又心伤。今天所发生的事情，让她的心绪紊乱，像是胸口塞入泡沫的海绵，堵涩难忍。

手机提示音响起，是微信群里的萌萌发的信息。

"夏栀，什么很重要的事情？我等得都要急死了。"之后是一连串发飙的表情。

夏栀抹了抹脸上的眼泪，想着自己现在糟糕的处境，如同麻线团纠缠不清。剪不断，理还乱，她只好在对话框里发出一个长长的叹息。

"栀子，你是想急死老娘吧！"萌萌的急性子欲要爆发。

郑薇柒也刚刚上线，连忙问："夏栀，你怎么了？有什么事情说出来，我们帮你想想办法。"

夏栀手指熟练地在对话框里排列字句，她只说了关于舒怡均盗窃她作品的事情，将沈欧自动屏蔽，但仅仅如此，已经足够让萌萌和郑薇柒在群里炸毛，两个人愤愤不平的火焰仿佛可以吞没整个外滩，抨击舒怡均的丑陋行为简直"妙语连珠"。

"我知道她！在杂志上见过，当时觉得她长得挺好看，现在觉得她好难看。"萌萌颇为愤慨。

"不是一般的难看。"郑薇柒淡定地回应。

"难怪她现在的作品一次不如一次，靠投机取巧，早晚会过气。"萌萌再次鄙视。

"现在已经过气了吧，这就是代价。"郑薇柒表示无奈。

夏栀对着手机"扑哧"一声笑出来，虽然好友们相隔去远，可是依旧能够感受到她们给予的温暖，这比什么都重要。

郑薇柒与萌萌非常有默契地向夏栀建议，既然发生在芙蕾公司，如果能够得到沈欧的协助，事情就会好办许多。

"当初沈欧没有回来找你，一定有他的原因吧？"萌萌说道，"后来我听说，他的父亲在美国去世，也许当年他忙于美国的公司，才没有回来找你，不如借此机会，你可以去问问他。"

"问了又怎么样呢？都已经过去这么久了，他现在也有了女朋友，听说很快就订婚了，我何必再去打扰他。"夏栀回想起江边的沈欧注视自己的模样，心里忽然揪痛。

她也想回去，也想与他重新开始，可是很多事情，在时间的打磨下，真的没有一丝变动吗？

他也许如她一样放不下从前，可是他既然有了新的开始，就不该再回头。

"可是不管怎样，你们之前会分开属于意外，又不是情感上出了问题。只要他顾念旧情，怎么会不帮你呢？"郑薇柒跟着劝解，"夏栀，你想想，你真的甘心舒怡均霸占你的成果？她现在的位置不都应该是你的吗？"

"我明白，我真的不喜欢与人争执，更不希望和人结仇，最后大家闹得这么僵。"身为天秤座的夏栀，一向坚持和平主义，并不喜欢针锋相对，"只是她这次真的触碰到我的底线，我实在找不到可以原谅她的理由，但事情过去三年了，如今我没有把握能够找到当年舒怡均的罪证。"

"总要试一试啊，我觉得沈欧一定可以帮到你的，如果不成，以你的才华与能力，总有一天会将她比下去的。"萌萌说道。

"她现在是不是在处处打压你？"郑薇柒又说。

"舒怡均现在对我们设计组很苛刻，当然对我最过分。"夏栀坦白道。

"肯定的，因为你现在是她最大的威胁，如果不想办法将你挤走，她怕保不住自己的地位。"郑薇柒说。

"难道只有找沈欧这一条办法吗？"夏栀有些犹豫，她今天刚刚才跟沈欧撇清关系。

"不然呢？隔了这么久，只要舒怡均死不承认，你能有什么办法？"郑薇柒将问题看得很清楚。

夏栀陷入纠结，她顾虑的是找到沈欧，也不一定能够将舒怡均盗窃这件事情查清楚，虽然她知道沈欧一定会相信她，可是这也不能代表什么，她也不想因为沈欧的关系直接将舒怡均开除，这样不清不楚，只会落下她走后门的骂名，更何况她现在在沈欧那里，要以什么身份去说此事呢？

那么这样忍气吞声下去？舒怡均故意刁难她，她不是不清楚，就像郑薇柒所说，她现在可能是舒怡均的威胁。可天星集团向来靠实力说话，舒怡均被开除与夏栀是否存在并没有直接关系，只不过在间接意义上，夏栀会是个推进的作用。

夏栀最厌烦钩心斗角，人际关系也不想闹僵，可惜事情的发展却容不得她多做思考，她第四次递交的设计作品，再一次被舒怡均打退。

哪怕是圣人，忍耐度也是有限的，何况夏栀也只是个平凡的女孩，再淡定从容，面对一次次的打压，总会有些发胀的情绪在血液里上涌，她尽量保持平静，拿着自己的作品摆放到舒怡均的桌前，语气冷淡地说："舒总监，请问我的设计哪里不行？我实在不明白这件作品有什么问题。"

舒怡均一直在等夏栀来找她，嘴角不禁上扬，一改往日亲和，完全居高临下的姿态："我没有觉得作品不行，相反设计得很精彩，可是我就是不想让它出现在新品列表中，你有意见吗？"

"舒怡均，你别太过分了！"夏栀没想到她会这样公开地打压自己。

舒怡均笑得轻蔑："我坐在设计总监这个位置上，这点儿权力还是有的。"

"你就不怕我检举你对待下属不公，公事私办？"夏栀强压着内心的火气。

"这可不是我的意愿，我只是奉命行事，很是无奈呢！"舒怡均两手一摊，做出一副事不关己、爱莫能助的做作样。

夏栀讶异地说："你说什么？"

"告诉你也无妨。"舒怡均从座位上站起来，"是天星集团董事长，慕月华，也就是沈总的母亲。"

"慕董事？"

"她知道你和沈总的恋情，所以她希望你能够知难而退，离开名雅公司，别再出现在沈总面前。"舒怡均将一张支票递到夏栀的面前，"慕董说了只要你离开，这些钱够你半辈子衣食无忧。"她又笑起来，"只要你离开，我便会升职加薪，这么好的事情，夏栀，真是对不起了。"

她又补充道："当初你的实力虽然有目共睹，可也是靠沈总进来的，原来你们两个关系早就不一般呀。夏栀，你好有本事，可惜如今自食其果了。"

夏栀眼睛未曾扫过支票一眼，她盯着眼前这个人，舒怡均总是给人温柔亲近的外表，却没想到她的内在这样不堪。

"事到如今，咱们就走着瞧了。"夏栀终于不再对她忍让。

舒怡均讥讽道："怎么，你觉得现在的你，有能力与我较量，还是与慕董事较量？"

"慕董事那边，当然不劳你操心。"夏栀起伏的情绪渐渐缓和，"倒是舒怡均，你不要忘了，当初你是怎么成为芙蕾公司首席设计师，又怎么会坐在这里成为总监的，我记得你欧洲展会之后，设计的作品一年不如一年。"

被揭穿的舒怡均，眼底闪过冷意："你都知道了？"

"若想人不知，除非己莫为。"夏栀又说道，"既然你已经知道我和沈欧的关系，我劝你最好不要掺和进来，不然后果如何，我也不能控制。"

舒怡均表面上强作镇定反击："怎么，现在还与沈总藕断丝连？可我知道他即将娶妻，新娘不是你吧。"

夏栀对于她的讥讽不以为意，继续说道："好自为之，否则我就将你盗窃我的设计图的事情说出来，你这辈子都别想踏入设计圈。"

"多少年过去了，你以为还找得到证据吗？我不承认，又有谁知道？"舒怡均抬手耸肩，一副令对方无可奈何的样子。

夏栀拿出一支录音笔，按下结束键："我想这个会是一件很有利的证据，加上我与沈总的关系，你的胜算有多少呢？"

"夏栀！"舒怡均气结，"你卑鄙！"

"是你逼我的！"夏栀早早留了一手，"以后我们二组的设计，请多多关照。"说完她优雅地转身离去，留下舒怡均在办公室里，感觉像被人玩了一遭，堵在心口的怒气难以发泄，将桌子上的文件愤怒地扫在地上。

当初她只是想借夏栀设计的新意，进行创新，却没想到不久后无意间听见慕董事与沈欧的对话，得知夏栀车祸身亡。她觉得这是上天给她的机会，便将夏栀的创意换成了自己的名字，哪里会料到事情过去这么久，夏栀居然好端端地站在她面前，并且得知了她盗窃作品的事情。这一刻她真的希望，夏栀真的死了。

夏栀回到自己的位置上时，长长地呼出一口气，经过这次，舒怡均应该有所收敛，可是她的问题却没有因此解决。

因为得知慕月华想要她离开，至于原因，只是因为她与沈欧曾经的一段情？这未免有些牵强，莫名其妙就成了待宰的羔羊，也许她该找沈欧问清楚，究竟是怎么回事儿。

然而没有等她去找沈欧，他自己就主动送上门了。

夏栀拖着疲惫的身心回到家的时候，发现在沈欧就等在她家楼下，穿着暗蓝色长裤，配上白色衬衫，相对精简也休闲许多。

沈欧只是远远一眼，就能够精准地认出夏栀，她的气质如同雨后竹林一般清新，甚至增添了几抹迷人的意味。她身穿白色长裙，如同最美丽的栀子花，他就站在那里等她走过来，像是等待一场美好的流星雨，动人心魄。

他从她的眼底里看见了惊讶，之后是无措，又回归于平静，再次抬眸注视着他的夏栀，已经可以从容地对他露出礼貌的微笑。

"沈总，你怎么会在这里？"

"在等你，已经等你很久了。"沈欧眼眸深沉。

夏栀回避他的目光，看向公寓门口："找我有事吗？"

"不招呼我上去坐坐吗？"沈欧所答非所问。

"也好，上来坐坐吧。"夏栀原本还不知道该怎么去找他，眼下也是一个机会，虽然她心里某种愉悦感不知来自何处，她极其不愿意承认，并将其掩藏。

电梯间两个人无语，夏栀通过如镜子般的壁面去看沈欧，发现他也正在注视着自己。一瞬间的尴尬，夏栀收回了自己的视线，等待电梯到达目的地，她先一步离开，到自己公寓门口掏出钥匙开门，转身微笑着说："进来吧。"

这一系列寻常的动作，却在紧张的作祟下只能极力做出自然的假象。

沈欧在玄关处关上了门，发现夏栀为他准备了一双粉色蝴蝶结的拖鞋，她笑容微涩："只有这个。"

"没事儿。"他很快换上，心中窃喜，走近客厅，环顾四周陈设，简单却温馨，粉色的卧室充满少女的梦幻，餐桌上的一杯一碗彰显着女生单身已久。

夏栀在橱柜里找到两个杯子，朝他挥了挥，问道："要喝点儿什么？"

"不必麻烦，白水就行。"沈欧坐在沙发上，看着夏栀在饮水机前接水，他真希望时间就这样静止，哪怕就这样静默地看着她，都觉得美好。

他的思念在光阴中不曾褪色，反而随着时日的推移，想见她的念头越加深刻，他以为自己已经快要放弃了，在接受了母亲安排的订婚对象时，他以为可以通过靠近别人来忘记她，却发现对一个人无感觉的时候，哪怕她对自己表达爱意，他的心底却无一丝波澜，更无法代替夏栀在他心里的位置。

夏栀将杯子放在沈欧面前的茶几上面，自己坐在了单人沙发上，直接进入谈话主题："沈总，你过来找我有什么事吗？"

沈欧凝视着她，夏栀的再次出现，令他心中快要熄灭的火焰，在这一刻重新点燃，内心俨然化成一片火海，唯有多年沉淀下来的素养，让他理智地克制着内心的冲动。

而上一次她的冷淡，令他害怕，他会再一次错失她。

无论时光荏苒，他的爱如初开。

沈欧喝掉白水，开口说："夏栀，无论从前如何，难道我们不能像老朋友一样，叙叙旧？"他语气轻柔，"这些年你过得如何？"

"都过去了，我也不想再提。"夏栀凝视着眼前杯子里透明的水，她不敢看他那双炙热的目光。

沈欧的声音，如钟鼓一般敲击着夏栀的心："夏栀，我没有忘记你，你呢？是不是这些年，你已经忘记我？"

"作为老朋友，说这些是不是不合适？"夏栀不得不抬眸看他，她在他的眼睛里看到期待，可她却不能冲动，不能逃避现实，"我有件事想问你。"

"夏栀。"沈欧有些恼,站起身子走到夏栀面前,两手撑在沙发扶手上,将夏栀圈在沙发里面,让她退也不得进也不行。

沈欧俯下身靠近她,吐出如海洋迷人的气息,悉数落在夏栀的脸颊上,渐渐染红她白皙的肌肤:"告诉我,你是不是已经变心了?"

在这样的压迫下,夏栀吞吐难言,想要说的又无法说出口,可若不说,他却这样逼问着。

天际撤去了铜黄的色泽,渐渐被暗青色的夜幕吞没,整间屋子的光线也随之暗了下来,客厅里的两个人还在沙发上僵持着,沈欧背对着窗,俊冷的面庞陷入阴影当中,他那双熠熠的目光,如同星辰的记忆,投在夏栀的身上,想要追溯当年他不曾参与的过往,将错过的她努力挽回。

夏栀想要起身,可是沈欧岿然不动坚持不懈的姿态,让她不敢轻举妄动。

当夜的深色全然笼罩,只能靠窗外的街灯辨认彼此的轮廓,终归沈欧还是起了身,站直身体,夏栀才算松了一口气。

"我去开灯。"夏栀只想赶快与沈欧拉开距离,在起身的刹那,沈欧用力将她腰肢紧扣,手臂一揽便顺势将她抱在怀里。

夏栀面对沈欧的拥抱,几秒钟内忘记了呼吸,视线穿过他的肩头,投射在墙壁上昏黄的灯影,他的声音就在耳畔传来:"夏栀,我不相信我们就这么结束了。"

这句话像是突然绽放的烟花,惊艳了夏栀的内心,她一直不肯承认自己有所期待,她一直让自己冷静甚至是冷漠,可是只是一个拥抱,已让她几分动摇。

"你这是做什么?"夏栀双手摊在沈欧的胸口,想要推开他,可他不愿，她再用力都是徒劳。

"夏栀，为何要躲着我？为何不能直面我们的问题？"沈欧期盼这个拥抱，已经太久太久了，当年他误信了慕月华的话，以为夏栀因车祸不幸逝世，那种痛彻心扉的感受，仿佛掉进深邃无声的海浪中，四周只有黑暗与绝望，再无其他。

恰巧这个时候，父亲故去，公司飘摇，他只能把所有对她的想念都化为拯救公司的动力。在公司业务有所回转，但资金还是稍微短缺时，他听从了母亲的安排，与富家千金恋爱，与另一个大企业联手。

然而，在他的打理下，公司蒸蒸日上，保持业界前三甲的成绩。他并不需要因联姻而加剧公司的资金运转，也就是他不必因为公司，勉强与一个不喜欢的人在一起。夏栀出现，使他放弃订婚的念头日益剧增。

"你先放开我。"夏栀声音平静，感受着沈欧的手臂渐渐松开，她与他对视，清澈的眸子像一杯温热的水，安静无澜，"沈欧，我们真的能回到当初吗？"她理性地说，"你将要与别人订婚，对方也是与你旗鼓相当的条件，这才是婚姻，总要门当户对。而我们当初的爱恋，虽然昙花一现，短暂却很美丽，那么，就当作一个美好的回忆，在往后的日子里偶尔怀念，岂不是很好？

"沈欧，这么多年过去了，也许你爱的，只是对我的遗憾。"

"你说我只是因为遗憾，那么你对我呢？是否连遗憾都没有？"沈欧双手抓过夏栀的肩膀，"当初我以为你死了，否则无论你发生过什么事情，我怎么可能放下你不管？夏栀，你要相信我，我对你从始至终，都没有改变过。"

　　"这些话真的很动听。"夏栀知道自己不争气，眼泪瞬间就涌出了眼眶，"可是即便如此，你想怎样呢？让我做你的地下情人？过着隐形第三者的生活？"

　　沈欧透过她晶莹的泪水，看到了希望的光，他轻轻为她拭泪："夏栀，你觉得我会是那样的人？只要你愿意，一切都来得及。"

　　夏栀在沈欧一连串的攻势下，心底翻江倒海，她很想故作冷漠，拒他千里，可他的坚持，让她犹豫，但理性依然占据心潮的高地："沈欧，你不要这样冲动，我们的家境不同，根本不可能走到一起，我希望你好好冷静思考，然后再做打算。"

　　"我很冷静，我根本放不下你。"沈欧含情脉脉，眼见就要融化夏栀的心。

　　"夏栀，回到我身边。"

　　可她的脑海里突然出现舒怡均说的话，想来沈欧一定为了她与慕董事起了争执，她心一狠，咬住下嘴唇，说："不，我不愿意。"

　　"还有，"她强忍着心口的疼痛，"祝你和她幸福。"

17.

北市的夏季炎炎，满街扑鼻的栀子花香，如今郑薇柒在父亲的公司当总经理，经过多番历练的她，已经可以在公司独当一面了。身为白富美的她，自然追求者众多，可是终究没有令她感到心仪的。

"薇柒，你这么优秀，先试着谈一个嘛，都空窗期这么久了，你不觉得寂寞吗？"萌萌坐在吹着空调的咖啡馆里，服务生在她面前摆上一杯草莓奶昔。

郑薇柒看着面前的冰美式咖啡，姿态慵懒地说："每天被工作忙得团团转，根本没有时间寂寞，也没时间去谈恋爱。"她话锋一转，"倒是你啊，跟彭宇现在怎么样了？"

"挺好的呀！"萌萌一脸甜蜜，如今她和彭宇两个人在商业街开了家花店，共同经营，日子也很有气色，"他追了我三年，对我可是百般疼惜呢！"

"往往难得到的，会视如珍宝，太容易的，总是不叫人珍惜。"郑薇柒这句话说得自然，萌萌也明白她所感慨的是什么。

萌萌用吸管搅拌着奶昔，心疼地说："薇柒，你也别太在意了，都过去了，就别再想了。"

"我没有多想，反而很感谢他，是他让我明白，爱并不是一味地付出。"郑薇柒望着街角的景色，三年的光阴，有些人依旧执着，有些人却淡忘了。

和萌萌分别之后，郑薇柒没有急着离开，而是在咖啡馆久久静坐，她想起从前的种种，只觉得当时陷入了情网的迷雾，不能真正看清的，如今都已经明白懂得，而那些伤害与心痛，经过时间的洗礼，成为对美好爱情的铺垫。

现在的她满怀期待，期待着一场美丽的爱恋降临。

可惜往往现实总是与心愿相违，她眺望街景的视线收回，发现对面落座的人，是她并不想见的人。

高盛微微一笑，神色拘谨道："真巧，在这里遇见你。"

郑薇柒预想中的重遇，心绪该是难过和低落的。然而她发现，他不过咫尺距离，她的内心却是平静的，像是无风的湖面，照应着湛蓝的天，倒映着缓缓飘过的白云。

"真的很巧。"她笑容温静。

"很久不见了。"高盛笑意如阳，就是这样温暖的笑，让当年的郑薇柒迷恋不已。

"嗯，好久不见。"她心底觉得，他更像个熟悉的陌生人。

"你，最近好吗？"高盛寒暄。

郑薇柒轻笑着回应："挺好的。"她虽然态度平和，可疏远感从未离身。

空气中的静默渐渐下沉，快要压堵彼此的呼吸。

"我还有事，失陪了。"郑薇柒率先告别。

她起身，被高盛阻拦，问道："薇柒，还是不能原谅我吗？"

如果是当年，她一定会狠狠地扇他耳光，痛哭流涕控诉他的无情与戏弄，可是现在，她非常坦然，平静地说："你实在没有必要再耿耿于怀，毕竟都过去这么久了。"

"可我良心不安，当初如此对你，不是我的本意。"高盛抓过郑薇柒的手，不自觉地用力，"我有我的苦衷。"

郑薇柒正视着他的眼眸，一字一句地说："你的苦衷，我当然知道，你为了帮重度烧伤的妹妹恢复容貌，欠了不少债，最后你无力还清，甘愿被富家女包养。"她说这些的时候，高盛眼底里充满了震惊，他没有想到她会调查得如此清楚。

"你妹妹不想你再为她承担这么大的压力，她选择了自杀。"郑薇柒说到这里的时候，她的眼底闪过一丝怜悯，将手抽回，"高盛，这些事情，是我来后得知的，我明白你当时的处境，但你不应该欺骗真心对待你的人。"

重新审视从前，郑薇柒只觉得自己更像是一个局外人，开导他："希望你以后能够珍惜每一个对你真心实意的人。"

高盛见她要走，先她几步，挡在她面前："薇柒，之前因为愧疚，我一直不敢见你，如今我想了很久，希望你能够再给我一个机会。"

郑薇柒笑得很轻："什么机会？弥补的机会？我不需要你因为补偿而选择我，感情不应该掺杂其他东西，更不应该是赎罪。"她忽然间真真切切地感受到，很多曾经以为执着的东西，总会有放下的一天，无论曾经多么期盼重新来过。时过境迁，机会如愿上演，她却已经不复当年。

"高盛，放下吧，我已经走远了，现在的我，只希望与你，再无瓜葛。"

高盛还想要说什么，看见郑薇柒眼底的决绝，他终于释然了："愿你幸福。"

缘分的深浅，总是难以捕捉，光阴似箭，当心境随着时间与环境改变，回想当年的痴迷与执着，都可以一笑而过。

可偏偏有些情愫，总是难以割舍，反而在渐行渐远的路上更加清晰，好像空气一般如影随形。

再次见到那个心心念念的人，时间像被压缩过一样，曾经的美好都恍如昨日，中间不曾有过分离的波折。夏栀望着窗外的天，此时夜色已深，月光打在窗帘上，银色的星星闪闪发亮，她知道自己能够欺骗沈欧，在他面前强装冷漠，可是她却骗不了自己。

曾经的悸动，从来不曾消失过。

她的视线穿过窗子落在夜幕中，沈欧将房门关上的那一刻，她认为他再也不会来找自己，从今往后，她与他不会再相见，更不会与他联络。

可是为什么要在这个时候，思念如潮水漫进她的心底。

眼泪情不自禁地掉下来，滴在夏栀的手背上，她不是没有勇气和沈欧面对将来的阻碍，可是她宁愿选择对沈欧前途有利的一面。只要值得，牺牲一下她的幸福也没有什么，她就是不懂得去争夺，只懂得成全，不管自己有多痛苦，也只是淡淡地笑着说："我没事。"

夏栀收回失落的情绪，将录音笔从口袋里掏出来，这件事确实令她很气愤，可如今想想，已经过去了三年，只要舒怡均不再针对自己，那么欧洲展会的事情，她也不想再追究。

至于她还能不能留在名雅公司，一切听从天意。

18.

已然做了断绝的打算，绯闻却不明四起，在公司四散开，再次将夏栀与沈欧捆绑，传播速度迅速，火热程度颇高。

夏栀虽然不满，但这是不能掌控的，只能由它去。几次休息室里，与她关系不错的小优，都忍不住问她，与沈欧的关系究竟如何。

"我和沈总当年是校友，所以两个人是认识的，才会被捕风捉影吧。"夏栀微笑着澄清。

"啊，是这样吗？那么你们做校友的时候，是不是关系匪浅？"小优继续撬八卦。

夏栀到这里欲言又止，回忆当初，总是能够波动她的情绪，小优马上起哄："哎哟，好像有猫腻儿哟！"

"什么猫腻儿，他是我们学院的男神，所以那时候学校的女生都很仰慕他。"

"你也算其中一个了？"

"还好，我也是学院的女学霸，有什么好仰慕的。"夏栀对于自己的成绩向来自信。

悬挂在休息室的电视机，恰巧报道着娱乐新闻，只见屏幕上的当红明星安娜被媒体围堵，采访的内容，全是沈欧。

"听说天星集团总裁与安娜小姐取消订婚，两个人已经分手，这是真的吗？"

"他为什么这样做呢？听说两个人私下很少来往，是因为聚少离多吗？"

"传言安氏集团近年业绩下滑，是否天星集团因此而退婚？"

安娜面对媒体狂轰滥炸式的追问，不予正面回应，便匆匆离开。

小优看见报道，唏嘘道："沈总怎么突然与安娜分手了？"她恍然地侧目看向夏栀，"难道是因为——"

"没有的事。"夏栀撇清，以免过多的流言与揣测破土而出。

另一个同事进入休息室，见到夏栀，端起咖啡杯说道："哎，原来你在这里啊，总监叫你过去。"

夏栀笑容缓缓降落，回过平淡的神色，礼貌地说："知道了，谢谢。"便起身走向舒怡均的办公室。

舒怡均见她前来，放下手头的事情，将一张字条放在桌子上，直接了当地说："因为你上次不肯接受慕董的支票，下午四点，慕董请你喝茶。"

因为那支录音笔，对舒怡均来说像一颗隐形的定时炸弹，不知道什么时候，就会将她所拥有的一切，炸个灰飞烟灭。这令她寝食难安，明显眼圈都呈现黑青，恨不得分分钟让夏栀消失。

夏栀拿过字条，上面写着地址和慕董的联系方式，只怕这次又是一场谈判。

"我的作品，总监这次还满意？"

"已经通过。"舒怡均揉了揉太阳穴，夏栀就是她头疼的存在，以夏栀的才华，如果她不靠手段打压，早晚她会爬到自己头上，但是很快她就不用顾虑了，因而忽然展开笑意："要我说，就应该收下慕董的支票，这么大一笔数目，总比最后大家都难堪要强。"

夏栀拿走字条，冷淡淡地说："就不劳总监操心了，就算要走，我也会拉个垫背的。"她真见不得舒怡均这副小人得志的样子。

舒怡均原本得意的笑容一瞬间僵住了："夏栀，没想到你这么无耻。"

"无耻？我不过是以其人之道还治其人之身，比起你我还差得还很远。"她留给舒怡均一个优雅的背影。

环境高档的咖啡馆里，人烟稀少，夏栀如时赴约，发现慕月华已经坐在靠窗的位置上。

"慕董事长，您好。"夏栀露出礼貌的微笑。

"坐吧。"慕月华身穿昂贵套装，胸针上的蓝宝石闪闪发亮，她姿态盛气凌人，语气不温不火。

夏栀落座时，服务生过来问她点些什么，她客气地笑笑："一杯温水。"

慕月华冷嘲道："在我面前就不要装了，想傍上小欧的女孩数不胜数，最后为的什么，我再清楚不过了。"

"董事长，我不明白您的意思。"

"嫌支票上的数目小？"慕月华拿出她的名牌包，掏出一张新的支票放在夏栀的面前，"这些钱，够你养活全家人半辈子了，不要太贪心。"

夏栀突然想笑，发生在黄金八点的电视剧桥段，居然在她身上上演了一遍，她觉得很有必要讲清楚这件事情："董事长，我想您误会我了。"她喝口水，冰水润湿她口渴的喉咙。

"既然你不是为了钱，我就不妨直说了。"幕月华耳坠上的绿翡翠耳环，与夏栀的朴素画出一条等级分界线，"三年前，你重伤昏迷，我对小欧说你死了，这才使他渐渐放弃你，同意与安娜的婚姻。"

夏栀有些意外，想起沈欧来找她时，说认为她死了，并不是推托的借口。

"这场婚姻对沈欧的前途，也是一个良性的辅助作用，这么做是为了他的将来。你如果真心为他好，就应该放手。"

"我明白慕董的意思，可若真心为沈欧好，不应该将他婚姻的幸福埋葬在利益上，这一点我不能赞同。"

"所以，你想要继续纠缠？"慕月华悠悠叹气，"如果你执迷不悟，别怪我将你从名雅公司赶出去，甚至可以做到让你无法在上海立足。"

夏栀面对慕月华的施压，并没有怯懦。

欲要开口，从她侧边走过来一个人，拽住她的手臂，声音极其沉重："跟我走。"

她抬头望去，发现沈欧的脸色如同在冰库里冷冻过一样，那双眼眸里的星火，燃着怒气，容不得她半点儿反抗的意思。

"小欧，你做什么？"对于沈欧的出现，慕月华始料未及。

沈欧强势地抓紧夏栀的手腕，对着慕月华语气强硬："慕董，我与夏栀的事情，我希望你不要干扰。"

"我是你母亲，你的婚姻必须由我说了算。"慕月华态度强势。

"婚姻最终是我自己的事情，我可以尊重你的意见，但我不会妥协。"说完他拿起夏栀的包，准备带她走。

慕月华声音压得极低，威慑力十足："沈欧。"仅仅两个字，却包含了许多威胁。

沈欧没有停顿的意思，带着夏栀离开了咖啡馆，慕月华看着儿子没有丝毫犹豫的背影，一下子如同泄了气的皮球，瘫坐在椅子上。

直到沈欧的单身公寓，夏栀才缓过神来，喧嚣已退尽，客厅只有他们二人，沈欧递来一杯清水，她才开口说："为什么要这样做？"

"你认为呢？"夏栀见到沈欧的脸上还有未退去的怒意。

"与安娜分手，也是这个原因吗？"

沈欧有些怨气："不然我所做的一切，都是为了谁？"

夏栀心底微暖，她放下水杯，眼角的余光瞥见电视柜前的照片，起身走近试图确认，镶嵌着贝壳制成的花朵的相框里，是她在S大的湖边、笑容甜美的照片，身后是漫天星辰，她一身优雅的长裙，像个坠落凡间的精灵。

通过这张照片夏栀回忆起以前种种美好，如何不动容。

"这张照片你还留着。"夏栀拿在手里，轻轻抚摩着照片中的自己，"那时候的我，真好看。"

"现在的你，美丽依旧。"沈欧深深呼吸，似将心口积郁的怒气排出来，情绪渐稳，"我最喜欢你的眼睛，像晨光中清美的露珠，莹润透彻。"他顿了顿，"你的眼睛，不会说谎。"

沈欧的目光装满对夏栀的深情。

"你就是这样，对待爱情总是很犹豫。"他像是能够洞穿她的一切，"不要再犹豫，你以为我不知道，你的冷漠都是伪装的。"

夏栀看着他，眼底泛起水泽，他懂得她，似带着一种温暖人心的触角，伸进夏栀的心尖，抚慰她的不安。

这让沈欧紧张起来，最怕夏栀落泪，抬手轻柔拭去："别哭，你这一哭，好像我欺负你了，我多冤枉。"

夏栀"扑哧"一声笑了，她终于放下了所有的顾虑，展开手臂将沈欧抱住，趴在他的胸前，轻轻嗅他身上熟悉又好闻的香味。

"是我不好，不该冷落你，不该让你一个人独自面对。"

"还是我做得不够，不然你怎么会犹豫。"沈欧反手扣住夏栀的腰身，力道刚刚好，既能紧抱她，又不会让她难受，"夏栀，这一次，不要离开我了。"

"既然你都为我取消了订婚，我就给你一个机会。"也许只有面对失去的时候，才会让人发觉，曾经的动心没能好好珍惜，"无论会发生什么，我不再退缩，我会和你一起面对。"

沈欧将她抱得更紧了。

19.

夏栀设计的产品屡次取得名雅公司的销售量第一，成绩证明她天赋异禀的设计灵感，更何况她非常努力。

即便她给名雅公司增添很多收益，却得来一张开除信。执行者就是慕月华。

夏栀与沈欧在一起之后，沈欧频频接送她上下班，他们的关系已经成为公开的秘密。夏栀再次成为公司的焦点，这次已经上升到媒体层面，在扑朔迷离的娱乐报道里，成了沈欧因为新爱而选择与女明星安娜取消订婚的重点人物。

舒怡均手中的开除信，更像是一份稳定她地位的保障，使她整个身心都轻松起来，脸上的微笑亲柔做作："夏栀，这跟我没有关系，是慕董的意思，我也无能为力，要怪只能怪你自己，自作自受。"

夏栀淡漠于她的讥讽，接过信件，说："希望你以后能够坐稳这个位置。"

"你什么意思？"舒怡均敏感的神经被扯痛。

"靠投机取巧得到的，终究能留多久呢？"夏栀冷淡地说，"就算我离开名雅，去哪里都能够存活，而你呢？不在这里，你还能去哪里？"

　　夏栀转身离去，回到自己的位置，开始收拾东西。

　　小优和三两个同事围过来，替夏栀感到惋惜，夏栀只是微笑着安慰她们。她知道，委屈或哭诉，只会在别人眼里成为笑话，自己的路终究自己走，她内在的自信与笃定，让她知道，她的前途不会因此停止。

　　沈欧不知何时出现，夺过夏栀手里的信，直接将其撕成两半。

　　夏栀怔怔地望着他，办公室的温度骤然上升，周围的同事神色各异，却无人敢言。

　　舒怡均站在办公室门外，眼睁睁地看着她的"人生保障"被撕碎，丢进了垃圾桶，她似乎听见自己心如冰雕碎裂的声音，只好对沈欧笑着说："沈总，这是慕董下达的命令，你这样做让我很为难啊！"

　　"这件事我自会解释清楚的，你做好本分工作就好。"沈欧转身，目光柔和地面对夏栀，"你不会被开除的，继续工作。"

　　舒怡均心有不甘却无可奈何，本以为很快送走夏栀这颗定时炸弹，可眼下事与愿违，而且夏栀有沈总做后盾，若她记恨着自己，自己就是她手中的蚂蚁，想到今后提心吊胆的日子，舒怡均顿时头痛不已。

　　好不容易得来的一切，不能就这样毁在夏栀的手里，舒怡均狠下心，打通了一则电话："动手吧。"

　　天星集团董事办公室，整面落地窗将外滩的风景一览无余，慕月华身穿黑白相间的昂贵套裙，她精心保养的面容，似乎抹去了岁月的痕迹，她目光依旧冷傲，坐在沙发上看着对面的沈欧。

　　沈欧立场坚定，开门见山："夏栀不可以被开除。"

　　"我是集团的董事长，有权力开除一个小小的员工。"慕月华见到儿子被一个普通女孩迷得魂不守舍，心里非常焦虑与酸苦。

　　"身为董事长，怎么可以意气用事？"沈欧面色冷峻，与对夏栀的温柔判若两人，"夏栀在名雅做出的成绩，我想你不是不清楚，她的才华将来可以能会成为芙蕾公司最强的王牌，如果你在这个时候将她赶走，若是落在竞争对手的公司里，这对芙蕾公司是一大损失。况且夏栀没有犯错，你这样贸然开除她，未免显得董事长太不严谨公正了！"

　　慕月华胸口闷着火，听到沈欧这样说，火气更盛："还不是因为你被她迷得团团转！我不管，总之我不会同意你们在一起，她配不上你，我不会放任她继续留在公司。"

　　"你这样做，不仅仅失去一个优异的设计师，你也会失去一个总裁。"沈欧站直身子，毅然决然的态度。

　　慕月华露出惊异，随后严肃地说："你这是明摆着要和你的母亲作对。"

　　"我真心爱她，她也如此，我觉得我们并没有错，你的反对，不过是阶级层次观念的偏见，而我相信她的能力，将来不会比我差。"沈欧呼吸沉重，"我自然也明白，如果娶了安娜，对公司能得到不少益处，可如今这对天星集团只是锦上添花，相比之下的安家，更迫切地想要依附我们才是。"

　　他深吸一口气，缓解起伏的情绪："如果你希望我过得好，请不要再干涉。"

　　"你喜欢她到什么程度？"

　　"可以拿命去换。"

　　慕月华听到这样的剖白，不屑地一笑："小欧，你还是太年轻。"

　　"你可以试试。"沈欧的话像是温度极低的干冰，瞬间冻结慕月华脸上的笑意。

　　手机来电铃声响起，屏幕上显示人是夏栀，沈欧干脆地接起，听见电话那头因为电波而稍显失真的声音，甜柔却带着惊慌："沈欧，你能过来吗？"

　　夏栀面对眼前的这一幕，内心极度不安，她强自镇定，在第一时间报了警，之后便给沈欧打通了电话。这个时刻，她的脑海里除了"110"，就被沈欧的身影占据，连她自己都没有察觉，是什么时候开始，她已经在内心里默认，沈欧是她最依赖的人。

　　沈欧接到电话，以最快的速度赶了过来。

　　夏栀正在走廊里焦急地等待着，看见他时，紧锁的双眉微微舒展了一些："沈欧，你来了。"

　　"怎么了？"沈欧抚摩着夏栀的脸颊，动作轻柔，生怕她受到伤害，"出了什么事？"

　　沈欧像是呵护一朵脆弱的花朵，让夏栀心间温暖，她摇摇头，指了指自己的房间："我家进贼了。"

　　顺着夏栀的手指望去，虽然大门将客厅切割成一角，但凌乱不堪的物品所带来的延伸，并不阻碍更加糟糕的预想。

　　"没有撞见小偷吧？"沈欧担心地问。

　　"没有，我回家的时候，门是虚掩的，里面一片狼藉。"夏栀心有余悸。

　　沈欧让她在门口等，他自己进去查探一番，所有的东西都被翻个遍，地上还有打碎的玻璃和瓷器，场面触目惊心。

　　他仔细检查，确定没有人后，才让夏栀进来看看有没有丢什么东西。夏栀检查自己的抽屉，除了被翻动的很乱之外，她重要的物品都没有丢失。

　　这时候警方到达，开始介入调查，检查过后发现没有什么可疑的迹象，便带他们去局里做个笔录。

　　夏栀所住的公寓已经很老旧了，门卫也不严谨，如果盗窃或者抢劫，看准机会就很容易下手，当初夏栀选择这里，只因为上海的房租太高，这里相对便宜很多。

　　回去的时候，夏栀坐在沈欧的车里，此时的情绪已经稳定许多，她说："你送我回去吧，既然没有丢东西，应该没有什么大事。"

　　"不行，闯入者把你家里翻个遍，却没有动你的钱财，一定另有目的，我怎么放心把你送回去，从今天开始，你住在我的公寓。"沈欧手握着方向盘，语气是命令的口吻。

　　夏栀刚刚安稳的心，又浮动起来，好像没有听明白，又重新问了一遍："我住你那里？"

　　沈欧打开转向灯，朝着他的公寓方向行驶，回应得极其自然："对。"

　　一句肯定的话，让夏栀心口如同被小刺猬滚来滚去，又疼又痒砰砰乱跳，脑海里忽然想起三年前，他们初遇的情景，她睡在他的床上，他一丝不苟地穿衬衣，虽然两个人仅仅停留在这画面中，其前后并没有什么实质性的内容，可单单这样的场景，让夏栀回想起来，还会脸颊发热。

　　"可是我得回去收拾一下行李。"夏栀找借口。

"这些我会叫助理帮你拿，你就不用操心了。"

看着沈欧淡定的态度，夏栀知道自己躲不过了。

到达公寓的时候，沈欧见夏栀拘谨的模样，忽然想笑。他为她递上一杯水，手臂环过她的肩："情绪好一些没有？"

"嗯。"夏栀喝下一口凉白开，凉意冲进胃里，脸上的热气减退几分。

"可我看你比之前还紧张呢？"沈欧故意打趣地说。

夏栀一口水险些呛住，又猛灌几口，沈欧接过她的杯子放在茶几上，双臂温柔地揽她入怀："和我一起住，这么害怕吗？"

"不，不是。"夏栀的脸颊紧贴着他的胸膛，通过衬衫的质感，体会着肌肤的温度，"沈欧，能够再遇见你，我很幸运。"

"我不仅要你觉得幸运，我希望今后能够你给最大的幸福。"

"这个要看你的表现。"夏栀抬头，用手指戳了戳沈欧的俊脸。

沈欧轻笑，薄唇吻过夏栀的额头、鼻尖，再到她柔软的双唇，吻到深情时，两个人紧紧相拥，时间都在这一刻停止，任外面的世界喧闹，但他们眼中只有彼此。

分开的时候，夏栀的脸颊被吻得如染了红霞，笑意的眼睛里满是迷离，样子楚楚动人，沈欧不禁有些眷恋，轻抚她的长发，带着宠爱的味道问："晚上想吃什么？要不我叫家里的阿姨过来做？"

夏栀握住沈欧的手臂："不必麻烦，家里有什么？我给你做。"

沈欧再次深吻夏栀，听到她的语气如同公寓的女主人一般，他特别开心。

夏栀平时都是自己下厨，厨艺自然还不错，沈欧不停地夸赞，两个人有说有笑，晚餐结束时，沈欧主动提出洗碗。

"让我来吧！"夏栀将餐盘放进水池里，拧开水龙头，清澈微凉的水缓缓流下。

"你下厨已经很累了，何况洗涤剂伤手，你去休息。"沈欧将洗碗球拿过来，将夏栀从水池的位置挤走。

夏栀怔怔地看着沈欧的背影，心间一暖就抱了上去。

沈欧笑容洋溢："别捣乱，去把电视打开。"

夏栀被日常的话语感动了，最美好不过平淡温馨的生活，她没有听话，双臂反而用力搂紧他。

公寓里的气氛温馨轻松，直到夏栀洗完澡，看见沈欧躺在床上看书，并没有分开睡的意思，她心底又泛起紧张感，故作淡定地回浴室吹头发，再次出来时，沈欧依旧原来的姿势，她抿抿嘴，走到床边拿起枕头和被子，说："我去睡沙发。"

沈欧抓过她的手，微微施力，就将夏栀整个人放倒在床榻上，顺势躺了过来。眼下这个姿势，他在上，她在下，空气中某些甜腻感渐渐发胀，夏栀憋红的小脸像个红苹果，双手不知道该不该推开他。

沈欧瞧她紧张得像受惊的小鹿，贴近她的胸口都能听见急促的心跳声，他温柔一笑，凑近她的红唇缠绵亲吻。

夏栀起初不敢动弹，但被沈欧的吻亲得晕眩，身体逐渐柔软下来，再到渐渐配合着他，两个人耳鬓厮磨，由沈欧做主导，带领夏栀进入一场未知的领域。

她不是没有想过会发生的事情，只是当真正来临的时候，一切又好似梦境一般不真实，如同万花筒中随意变化的彩花那样迷幻，让人好奇下一次，会是怎样绚丽的花样。

20.

关于夏栀公寓遭人闯入一事，因为公寓没有监控，而闯入者又没有拿走一件物品，也没有留下任何指纹，因此事情变得棘手，也更加蹊跷。

沈欧怀疑是慕月华的指使，找她谈及此事，慕月华听后，气愤不已："你觉得你的母亲是这样的人？"

"我不认为，可是这件事情，除了你，只怕无人可以做到。"沈欧语气中肯，"我只是不想夏栀身边有什么隐性的危险存在。"

"所以你也将我划入危险范围了？"慕月华冷着脸。

"我希望你不要干预，恋爱这件事情我想自己做主。"沈欧一再表示自己的态度。

"我听说你们同居了？"

"对。"

慕月华双臂交叉在胸前，坐在家里奢华的真皮沙发上："如果你只是想谈场恋爱，我不会干预，但是你想娶她，我不批准。"

"父亲已经走了，难道你也是希望儿子离家出走吗？"沈欧不等慕月华回应，转身就要离开。

"你给我站住！"慕月华一声厉喝，沈欧开门的动作停下来。

她心口堵着闷气，深深呼出，知道沈欧是认真的，铁了心要跟夏栀在一起："好，你跟她在一起，我不反对，你也知道我的行事风格，我保证不会做伤害她的事。不过你若想娶她，三年为期，如果三年后你还愿意和她在一起，我就没什么好说的。"

慕月华是想通过时间的消磨，让沈欧对夏栀渐渐失去感觉，到那个时候，她便循循善诱，让他分手，选择更理想的人结婚。

可是她不知道，沈欧既然认为夏栀已经去世的三年里，仍放不下对她的爱，如今的三年对他来说，又算得了什么？

夏栀与沈欧的关系在公司内部公开了。

休息室里飘着浓浓的咖啡香气，小优得到了这个大八卦，像是打了鸡血一般，追着夏栀问东问西。

"还说什么只是校友，夏栀，这下藏不住了吧？"小优嬉笑着，身边的几个同事也跟着起哄。

夏栀忽然想起昨夜与沈欧发生的事情，不禁脸色微红，端过咖啡喝了几口，掩饰自己内心的慌张，"哎呀，这种事情哪里说得准？"

"未来的总裁夫人，我从现在起就好好听从你的使唤，好好拍你的马屁，希望你能够记得我点儿好，让我能安稳地留在名雅公司啊！"小优抱着夏栀的胳膊，不停地谄媚。

同事故意取笑小优："我看你干脆做夏栀的小跟班算了，以后端茶倒水这种事情，你都揽着。"

"那是自然的，夏栀，以后我就是你的丫鬟兼保镖，随时等候你的差遣。"小优一脸笑意。

"算了，我可受不起，你好好工作，多设计出好的作品，自然会被重用的。"夏栀重新煮了一杯咖啡，小优忙献殷勤地给她加糖和奶油球。

"总裁夫人，两颗奶油球、一袋糖，对不对呀？"见小优那副狗腿子的样子，大家都笑了起来。

舒怡均的出现，让活跃的气氛冷了下来，她面无表情，对夏栀身边的几个同事，冷扫一眼，厉声道："你们几个不好好工作，还有闲情喝咖啡？去准备下午三点会议的资料！"

毕竟舒怡均是总监，大家对于她这种亲疏有别的作风敢怒不敢言，只能乖乖地离开休息室，只有夏栀站在桌边，悠然地喝咖啡。

舒怡均得知夏栀与沈欧公开恋情，并且慕月华也同意他们交往，这使得她自知所面临的处境岌岌可危，随时都有可能会被夏栀顶替。

但之前她态度嚣张，如今放不下身段去认错，且夏栀还握着有她的把柄，又如何能够装作无事？

舒怡均只能待夏栀不再像以前那么苛刻，仅仅如此，也不能弥补两个人之间的关系。

她做贼心虚，指使自己的表哥去夏栀的公寓搜寻那支录音笔，只要拿回它，就算夏栀说出当年的事情，也无证据，沈欧就算是护着夏栀，也不能将自己怎么样。

没想到表哥没有找到录音笔，还把夏栀的家里翻得乱七八糟的，让夏栀报了警，表哥只能回老家避避风头，却也因此促进了夏栀与沈欧的关系，真是得不偿失。

待休息室里再没有别人，舒怡均走到夏栀的面前，笑容微冷："恭喜你啊，飞上枝头变凤凰。"

"谢谢。"面对舒怡均的揶揄，夏栀已经习以为常。

　　舒怡均见夏栀如此平淡，心里不爽："成功勾引总裁，靠这棵大树上位，又能站得了多久呢？"

　　"如果没有沈欧，我一样可以站上去，甚至比你更高的位置。"夏栀非常自信，她的自信不仅来源于她所设计出来的成绩，更重要的是她比任何人都努力，在那样一个贫困的小镇里，她通过努力学习，考上著名的Ｓ大，又通过自己的努力，成为芙蕾公司最重视和培养的设计师，而舒怡均如今的位置，原本就应该属于她。

　　但她并不急于夺回来，因为她自己拥有底气，一种可以获得更高、更好的底气，是她不断努力而积累的一种底气。

　　相比之下，舒怡均要比她心虚很多，自己的成绩一直下滑，名气也越来越低，如果在名雅公司再没有起色，她的位置将会摇摇欲坠。原本慕董事会替她拔了夏栀这颗雷，而今形势大逆转，夏栀依附上了沈欧这个金牌后盾。

　　舒怡均只能恶狠狠地看着夏栀，一语不发。

　　下班的时候，沈欧开车来接夏栀，她抱着一堆资料上了车，对他微笑着说："等久了吧？"

　　"还好，你这是做什么？"

　　"关于新主题的设计方案和资料，我回去研究研究。"夏栀抱着一叠厚厚的资料，放在后座上。

　　沈欧习惯性地抚摸她的长发："别太累，先去吃个饭。"

　　"回家吃吧，我给你做。"

　　"今天外面吃吧，我带你吃西餐。"沈欧驾车朝着商业中心开去。

　　夏栀忽然明白，难怪很多女孩都想要找一个多金又优秀的男人，因为他有实力让你的生活过得优越，让你可以更随心所欲，就连平淡的生活，也少一些对柴米油盐的操心。

可惜很多女孩都忘记了，只有自己变得优秀，才能有机会和你最想爱的那个人，坐在同一辆车上。

就算没有沈欧，夏栀依然会朝着自己的梦想前进，依然控制自己的身材，投资自己的美貌，好好经营自己。在她的心里，坚持梦想，让自己更优秀比什么都重要。

晚餐过后，回到公寓里的夏栀，把自己关在书房里，埋头苦干到凌晨十二点。

沈欧在卧室睡着，醒来的时候，发现书房的灯还亮着，他起身走过去，看见夏栀已经累趴在电脑前，他目色温柔，将夏栀整个人抱起来，回到卧室里。

夏栀迷糊糊地半眯着眼睛，感觉到沈欧为她盖被，又在她额头上亲了亲，她再也没有意识，困意将她席卷，无力抵抗，沉沉睡去。

结果第二日清晨，夏栀起床后看着时间，急忙地下床，还不忘埋怨沈欧："都这个点了，你怎么不叫我起来？"

"看你睡得香，没忍心叫你。"沈欧亲自下厨做了煎蛋，热了两杯牛奶，烤了几片面包，"栀子，过来吃。"

一个男人爱不爱你，就看他愿不愿意在与你风花雪月之后的清晨，是否为你做早餐。夏栀忘记是在哪里看到这句话，当时她没有什么感觉，可在当下，她觉得幸福大抵如此。

可惜飞逝的秒针来不及让她好好品尝，她囫囵吞枣地吃完，便冲进卫生间里洗漱。

沈欧见她急忙忙的样子，劝道："一会儿我送你去公司，干吗这么着急？"

夏栀揉着涂了洗面奶的脸，从卫生间里探出头："就算我现在是你的女朋友，可是上班也不应该迟到，我是一个很有自律的人。"

周末，沈欧以为夏栀会睡个懒觉，哪里知道她比自己起得还早，为他做好早饭之后，捧着他的脸说："亲爱的，下周设计稿要上交了，我要做最后的整理，你自己乖乖的。"

语毕，她便钻进了书房，中途沈欧给她送的一些水果、蛋糕，她都没怎么吃，直至傍晚她才从设计稿里走出来，沈欧叫来家里的阿姨煮些营养的晚餐，给夏栀补补身体。

"终于知道为什么我的夏栀实力这样强。"沈欧往夏栀的碗里夹菜，对她又多了一些欣赏。

夏栀吃得津津有味，辛苦工作后能吃上一顿美食，是最好的奖赏："哪里发现的？"

"因为你比任何人更努力。"沈欧轻轻抚摩着夏栀的头。

她笑了笑："因为我相信付出就一定会有收获，哪怕是失败也是获得经验的方式。"

"这样的夏栀，我如何不爱？"沈欧的吻，落在她的额头，温柔又浅尝辄止。

"给你看看我的新作？"夏栀放下碗筷，迫不及待地想要分享她的成果。

沈欧待她从书房回来，看见设计图上绘制的项链与戒指，是钥匙与锁的形象。

"这个主题有什么意义？"

"我把它命名为'锁爱'，爱我所爱，也可以理解为将我们的爱情牢牢锁住。"夏栀满心期待地望着沈欧，"怎么样？这个作品你说会不会受欢迎呢？"

"我认为非常好。"沈欧赞许地说，"正好快到七夕节了，以节日为噱头，推出这款情侣戒指与项链，相信成绩会很可观。"

"能够得到大BOSS的赞同，真是倍感欣喜呢！"夏栀搂着沈欧的脖子，亲昵地笑着。

夏栀设计的"锁爱"很快受到市面上的欢迎，成为名雅公司的最新佳作，因此夏栀也得到了晋升，成为设计副总监，直逼舒怡均的位置。

这让舒怡均的心如同热锅上的蚂蚁，烦躁不安，而她最近的成绩依旧平平，全部被夏栀的风光掩盖，再这样下去，只怕离开名雅公司是早晚的事情。舒怡均觉得，她必须采取行动了。

小优和几个同事提议为夏栀庆祝，夏栀大方答应，并且由她请客，大家很高兴地欢呼，帮夏栀将她的办公物件搬到独立的办公室里，就在舒怡均的隔壁。

如今拥有独立办公室，夏栀觉得生活无限美好，没有什么比自己争取的，更值得拥有。

"哎哟，恭喜啊。"舒怡均走进这间仅次于她的办公室，讥讽道："真不愧是夏栀，爱情事业双丰收，不简单呢！"

对于舒怡均的阴阳怪气，夏栀懒得理会："没什么事情，还是专心工作吧。"

"呵，才当上副总监，就已经开始摆架子了，别忘了，我还是你的顶头上司。"舒怡均轻嘲。

夏栀目光冷淡，扬起嘴角："那么希望你能好好守住，你总监的位置。"

舒怡均觉得这是夏栀对她的挑衅和威胁。而夏栀却希望，舒怡均能够幡然醒悟，多在设计上用功夫，不要再投机取巧。

21.

天星集团总裁办公室的房间宽敞无比，黑白相间的装饰色彩显得非常严谨，而沈欧正坐在老板椅上，看着办公桌对面，着装时尚的女明星安娜。

他以为与安家取消订婚后，此事就算过去了，没想到一向骄傲的安娜，还会出现在他的面前，怕来者不善，沈欧的脸色恢复对外界的冰冷。

"不知道安家大小姐过来，有什么事儿？"

安娜摘下她的金边墨镜，涂抹红艳的双唇微张："沈欧，你也是富商界有头有脸的人物，就这样言而无信，轻易取消订婚，是不是应该给我个合理的交代？"

"交代？我已经给了。"沈欧冷冷地一笑，"以你现在的名气和背景，难不成向我索要分手费？"

"如果我开口，也不过分啊！"安娜红色指甲的手指，不停地缠绕着她深棕色的卷发。

"如果我们订婚了，我又临时宣布退婚，这确实会有损你和安家的名誉，可是我们只是分手，最多取消了订婚而已，于情于理我都没有这个责任。况且我们之间的结合，不过是集团的联姻，没有感情的婚姻只是坟墓，早点儿分开才是最好的选择。"

"谁说没有感情？"安娜勾勒浓浓眼线的双眸，凝视沈欧，"我爱你，该怎么算？"

沈欧其实很欣赏安娜敢做敢当的风格，面对爱情她也一向大方主动。

"好男人不止我一个，你要记得这点。"

"我知道，可我只对你有感觉。"安娜站起身子，双手撑住桌面，朝沈欧靠近。

沈欧对安娜的暧昧无动于衷，面容依旧冷静："我已经有女朋友了。"

安娜收回姿势，重新坐回椅子上："我知道，那又如何？"

"我等她，等了三年。"沈欧说，"很抱歉，安娜，我无法给你你想要的。"

安娜被这句话戳痛，自信的锋芒都收了起来："你还是可以给我的。"

"什么？"

她退而求其次："我想要做你旗下的珠宝品牌代言人。"

沈欧双手合十，向后靠在椅背上："这个提议倒是可以考虑，你可以得到不错的报酬，公司也可以通过你得到更高的关注度。"

"和商人谈情，真是无情。"安娜起身，单手叉腰，"具体情况，和我的经纪人谈吧。"说罢，她扭着小蛮腰，离开了沈欧的办公室。

"哎，你们听说了吗？这次咱们公司换代言人了，听说是安娜，她不是沈总的前女友吗？"

夏栀拿着咖啡杯进入休息室，就看见三两个同事围在一张小桌上议论着，见到她过来，连忙露出尴尬的笑容，打了个招呼，齐刷刷地跑掉了。

她转身看着她们离开的背影，不以为然，径自走到咖啡机前冲咖啡。

小优这时候探头探脑地进来，见到没有别人，像给夏栀打小报告似的，压低声音说："副总监，你听说了吗？"

"你是想说安娜成为咱们公司的代言人？"

小优诧异："你已经知道啦？"

夏栀笑了笑："对啊，有什么问题吗？"

"是沈总告诉你的吗？"

"没有，工作上得知的。"

小优疑惑，说道："副总监，难道你就不担心吗？"

夏栀泡好咖啡，坐在靠窗的位置上，望着高楼耸立的街景，自信地说："这有什么好担心的。"

"哎，安娜成为代言人，会不会因为沈总对她还有旧情。"小优趴到桌子上，正色道："副总监，你可要当心，我听说安娜是个万人迷，她的绯闻男友数不胜数，对付男人她很有一套。"

"沈欧既然已经与她分手了，说明两个人的情分已尽，如果因为她再次出现，沈欧就因此选择回到她身边，这样一个见异思迁的人，也不值得我去爱。"夏栀喝了一口咖啡，又道，"是我的，终究是我的。"

"副总监说得不无道理，可是现在这个时代，很多女孩都喜欢主动出击，争取幸福啊！"小优又道。

"强扭的瓜不甜，你想想有几个强求追来的男人，会真正给她幸福，伴她长久？"夏栀坚持自己的观点，"假如真的追到手，你一定会为此而患得患失，也因为你爱他比他爱你多，便会在这场关系中处于被动地位。"

小优颇有领悟地点点头："好像这样说，也对呢。"

夏栀面色淡然，其实她心底也有一些顾虑，可是她并不喜欢胡思乱想，拈酸吃醋，而她理解为沈欧正因为已经完全放下安娜，才会坦然地安排安娜为代言人。

至于猜忌，是恋人之间最忌讳的事情，她不想因此影响了彼此的感情。

化妆间里，安娜要拍几组珠宝代言的宣传照，助理将她要穿戴的几款首饰呈上，珠光宝气，璀璨夺人。

"这么漂亮的珠宝，戴在安娜姐的身上，更加显得安娜姐耀眼夺目，拍出来的效果肯定很美。"广告组的摄影师赞美道。

安娜扫了一眼首饰盒，她从小要风得风，要雨得雨，几件珠宝并不能提起她的兴趣，问道："听说你们公司最近推出了'锁爱'系列的饰品？怎么没见到呢？"

摄影师言辞闪烁，以查看光线为由离开，倒是安娜的贴身助理，小声对她嘀咕道："安娜姐，听说'锁爱'是沈总的女友设计的，不允许任何人代言，所以——"

"原来是这样。"安娜自然明白，"不过我真是好奇，究竟是怎样的一个女孩，可以让沈欧对她如此痴迷，竟然三年都不能改变初心。"

"听说沈总每天早晚都会接送女友呢。"助理又八卦地在安娜耳边说道，"如今两个人已经住在了一起啦。"

安娜以为自己可以很淡定，却发现还是控制不住自己的脾气，当即将水杯往桌上狠狠一放："工作结束，咱们就去见见她。"

沈欧处理完公事，都会提前到名雅公司接夏栀回去，只是这次他没有发现，一辆黑色的轿车尾随其后。他转个弯沿着地下车库驶去，黑色轿车停在他不远的空位上，过了一刻钟，夏栀从车库出来，一眼就看见了沈欧。

他斜靠着车子旁，笔挺的西装显露他修长的身形，黑色干练的短发，深邃冷淡的眼睛，在见到夏栀的时候，他的目光缓缓回升的暖意，像日光投射的潺潺水光。

夏栀脚步加快，距离不过几步之外，沈欧身边走近一个女子，她妆容艳丽，黑色性感短裙，搭配亮丽的红色高跟鞋。假如要用一朵花来形容女子的美丽，夏栀宛如坠落凡间的栀子花，清丽脱俗。那么，这名女子更像世俗渲染中洗脱出来的美丽，是黑夜里最妖艳的一朵蔷薇花。

"沈欧，这就是你等了三年的女友？"安娜双手抱胸，毫不客气地打量着夏栀。

沈欧眉头微蹙，态度不算和善："你怎么在这里？"

安娜丝毫不在意自己的不受欢迎，反而更加怡然自得："作为前女友，多少关怀一下前男友以后的生活质量。"她看着夏栀，啧啧两声，"怎么看，都没我长得漂亮，只是看起来还算清秀。沈欧，你喜欢这个款？"

夏栀从安娜的话语中得知她的身份，大方微笑地招呼道："你好，安娜，我是名雅公司副总监——夏栀。"

"哎哟。"安娜见她亮出自己的身份，拈酸地说，"还是副总监呢，是不是因为沈欧的关系？真有心机啊！"

"你这样说，是在质疑我的能力，还是质疑沈欧识人的能力？"夏栀回击道。

"嘴还挺犀利，可惜听说家室很普通，甚至还不如普通人。"安娜故意凑近沈欧，对夏栀说，"你不觉得，我们无论相貌家世，都很般配吗？你最多也只是个灰姑娘。"

"安娜！"沈欧脸色有些难看，"你再这样，代言人我要重新考虑。"

安娜知道沈欧的狠心，故意笑着打圆场："我这不是开玩笑吗？听说夏总监的设计非常出色，想找夏总监商量，让我代言新款'锁爱'。"

"如果是工作上的事情，等工作时间再谈，现在是下班时间。"夏栀态度不卑不亢。

沈欧不再理安娜，带着夏栀直接上车，离开了车库。

安娜看着他们离去的背影，嘴角微微翘起，虽然她刚才的表现显得不识大体，可是她相信夏栀一定会心存芥蒂，两个人的关系一旦产生隔阂，她就有机可乘。

车厢内陷入一片异常的安静中，夏栀虽然知道安娜出现的目的，可是心里却无法控制情绪的蔓延，只有沉默才能让她一点点找回理智的天灯。

沈欧也想几次打破安静，试图解释，可是只怕越描越黑，也了解夏栀现在并不想说话，他只好专注地开车，进入公寓的地下车库。

"晚上吃点儿什么？"终于夏栀打破了沉寂。沈欧悬紧的心也渐渐放下，关切地回应着："你想吃什么？要不要叫阿姨过来做。"

"我去煮吧。"夏栀露出微笑，两个人又似往常一样，像没有发生过什么不愉快的事情。

床头柜上的手机突然响起来，夏栀打开来看，发现是萌萌在微信群发消息。

"姐妹们，我今天好惨。"之后是一连串的小哭脸。

"怎么了？"夏栀回应道。

"该不会是又和彭宇吵架了吧？"郑薇柒问道。

"彭宇要跟我分手。"萌萌委屈地说，"不，应该算是已经分手了。"

夏栀与郑薇柒纷纷表示惊讶。

"明明他追了你三年，怎么突然说分手就分手了？"夏栀非常不解。

"他觉得相处下来，日子并没有他想象中那么好。"

郑薇柒一脸黑线："这个男人是不是反射弧度太长，揍他一顿，三天之后才知道疼啊？"

"很可能是三年，不然怎么会追萌萌追了三年呢？"夏栀又撒了一把盐上去。

"你们两个也不安慰安慰我。"

"安慰你什么，这样的男人早分早好，我还打算给你开瓶红酒，庆祝庆祝。"郑薇柒就差在萌萌面前拍手叫好。

夏栀提议："要不要我回去陪陪你？咱们三个也好久没聚了，我们陪着你，你心里多少会好受些吧。"

"嗯，让薇柒请客。"萌萌表示赞同。

郑薇柒不服："为什么每次都是我请，现在夏栀也是名牌公司的设计师，收入可不比我少。"

"可以呀，你们要是来上海，我包吃包住。"夏栀发送一个笑脸，"北市可是薇柒的地盘，我们自然是作陪的。"

萌萌举支持牌："我同意。"

"你们两个真是吃定我了。"郑薇柒无奈摇头，"夏栀，你什么时候回来？工作忙不忙？"

"还要过阵子，刚刚升为副总监，有些忙。"

郑薇柒和萌萌都替夏栀高兴，趁着大家都没睡，夏栀将安娜的事情告诉了姐妹们。

萌萌因为刚刚失恋，自然高度敏感，愤愤回应："如果沈欧敢做什么对不起你的事情，告诉我，我'女战士'的名号不是徒有虚名的。"

"你确定彭宇不是因为你太男人味，才弃你而去的？"郑薇柒又在萌萌的伤口上加了一把辣椒粉。

萌萌发送泪奔的表情："薇柒，你太过分了！我还在失恋的低潮期，明天请我吃大餐，补偿我！"

"好的，没问题。"大家都知道，在萌萌面前，只要能用吃解决的问题就不是问题。

"如果沈欧对安娜有情，又怎么会不顾家人的反对，毅然决然地选择分手，和你在一起呢？所以夏栀，你所担心的，都是多余的。"郑薇柒安慰道。

"我想，因为我们在一起非常不易，所以生怕因为外界的一些因素，导致两个人的方向偏离。"夏栀说出自己的心声，"我可以淡然面对，但是都说幸福不应该是等来的。"

"适当争取没有什么不好。"郑薇柒说，"夏栀，你就是典型的天秤座，在爱里面容易自卑，容易患得患失，也容易受委屈，我最怕这样的你面对沈欧。"

她又说："夏栀，你要自信，要勇敢面对一切问题，千万不要胡思乱想，不要猜忌，更不要自己默默地难过，还微笑着说没事。"

郑薇柒的话戳痛了夏栀的心，眼泪刹那喷流而出："薇柒，没想到你这样了解我。"

"在之前你对孟季的态度，和对沈欧的犹豫，我就知道了。你啊，就是害怕受伤，害怕爱得太深，陷入自己无法自拔的地步。"

夏栀泪如雨下，转身看着身边沉睡的沈欧，生怕惊动了他，悄悄地从抽屉里拿出纸巾，不停地擦泪，却发现越流越多。

"薇柒，你把我弄哭了。"

"不哭不哭，真想抱抱你。"郑薇柒发送一个抱抱的表情。

"我也是，夏栀，你不要怕，你还有我们。"萌萌虽然神经大条，但却是夏栀最坚固的支援。

夏栀放下手机，觉得拥有这样的姐妹们非常暖心，对于她来讲，可以没有爱情，但是不能没有朋友，朋友在她的心里极其重要，是她生活中不可分割的一部分，幸好她拥有她的好姐妹，给她安慰与陪伴。

她也因此坚定自己的信念，控制自己容易消极的情绪，认真且努力地对待爱情。

安娜的事情，夏栀放弃质问沈欧的打算，如果沈欧想要说，他会告诉自己的，正因为他们没有什么，他才更没有解释的必要。

同时落满心事的，还有郑薇柒，她将手机放回床边，透过窗子看着深深的夜色，她没有告诉夏栀和萌萌，高盛曾经想要对她弥补，与她重新开始。

如何能开始呢？郑薇柒看着星星一闪一闪的，那些光芒，都是来自久远的记忆，也只有星星会默默地记录着，她曾经的伤与痛。高盛的眼神是诚恳的，她相信这一次他是真心想和她在一起，可是偏偏他又掺杂着亏欠的心，终究不是爱，那么何必要在一起。

郑薇柒相信自己的选择是对的，她不会回去的，虽然很难过。

她重新躺回自己的床上，决定放弃过去，期待未来能够遇见一个值得她付出、也同样真心疼爱她的人。

沉默许久的手机重新亮起，伴随着一声微信的提示音，郑薇柒以为是夏栀和萌萌又在说着什么，却发现是来自一个陌生人的邀请，仔细查看资料，原来是她正在商谈的客户——付彦琛，也是一位年轻有为的男人，现在是合作公司的总经理，与郑薇柒在生意上交流密切。

郑薇柒觉得拉近彼此的关系，可以对以后的合作有帮助，于是按下了通过验证。

"还没睡？"对方很快传来消息。

"嗯，这么晚了，付总有什么事情吗？"郑薇柒语气很客套。

"没什么，还怕你觉得我很唐突，毕竟已经很晚了。"

"也还好。"

之后的话题一直围绕在嘘寒问暖中，对方没有谈论一句合作上的问题，郑薇柒一直在寻找对方的意图。

　　而对方却一直在打圈圈，聊生活、聊爱好、聊理想，从诗词歌赋谈到人生哲学，郑薇柒除了用心记下对方的喜好，想着将来也许派上用场，其他时间都只是打滑应付，正当她连打了几个哈欠，打算结束话题睡觉的时候。

　　对方却突然说："你现在方便吗？是否可以见个面？"

　　郑薇柒看了看墙上的时钟，指针已经指到了十二点钟，她不得不再次重新审视付彦琛，这个时间居然邀请她见面，能做什么？难得他一表人才，看起来很绅士风度、颇有涵养的模样，私底下竟然是个猥琐男？

　　如果长期合作的人会是这样的品格，怕也不会长久，郑薇柒思前想后，还是决定拉黑，失去一个合作伙伴，最不济换别家公司，她可是有原则的人，不能接受商业界的潜规则。

　　手机这次直接关机，郑薇柒不再多想，很快入睡。

22.

名雅公司在盛华大酒店举行珠宝展示会，而许多夏栀设计的作品也是这次的主打。夏栀身为副总监，舒怡均又因事出差，展示会的负责人职位，自然落到了夏栀的手上。展会举行的非常顺利，吸引不少时尚圈和设计圈的优秀人才参展，更有各大媒体进行报道与宣传。这次展会之后，名雅公司一定会名声大噪，脱离之前的低沉期。

展会顺利结束了，开始招待宾客的晚宴，沈欧因为一场重要的会议不得不推迟到场的时间，就全权交给了夏栀担当。夏栀第一次站在演讲台上，手心里渗出汗来，可依旧保持从容的微笑，尽量让自己的声音不失平衡感，极力克制自己不安的情绪，完整地将演讲稿背出来。

台下一片掌声的时候，灯光在她的头顶聚拢，她忽然想起当年天星集团的年宴上，沈欧站在演讲台上，璀璨如钻石，耀眼又魅力。如今她也站在了这样一个高度，虽然不及沈欧，可也是通过自己的努力。她内心充满成就感带来的喜悦，这种喜悦，不是买一件昂贵的物品，看一场搞笑的综艺节目，能够相比拟。

身为公司代言人的安娜也入席了晚会，华丽的红色长裙，一头如海浪的卷发披在左肩上，红唇艳丽，眼神迷离充满感性，媚色撩人。

　　她的目光一直盯着夏栀，这样一场不算小的展会，夏栀独揽大权，竟然一丝不苟，毫无差错。当夏栀站在演讲台上，虽然她的美丽并不是惊心动魄的，可是却因为她的淡然从容，她的修养以及处事不惊的沉稳，和她高评价的创作实力，让人都会对她增添几丝敬佩。

　　而安娜最骄傲的地方，是作为安氏家族的千金，财富与美貌集于一身，由安家投资的影视公司，捧红了自己，如今也是娱乐圈当红影星。

　　安娜一向不缺乏自信，她的路太过顺畅，不曾经历过风雨，便也觉得这就是人生最大的成就，可当夏栀的出现，让她在爱情中第一次体会到了失败，她怎么能够甘心。

　　她之前认为夏栀能让沈欧痴心不改，苦苦想念了三年，一定是因为夏栀太会耍手段。

　　可是在名雅公司做代言的这段时间，安娜却发现夏栀的言行举止淡雅不失水准，行事作风公正不偏颇，还会经常加班，为一份设计主题努力到忘我的境地。这让安娜心里更难过，因为夏栀有她身上没有的光亮，那是靠自己打拼得来的成果。

　　夏栀令她初尝自卑，这使她更加愤怒，她闷闷地喝尽杯中的红酒，难以平息她心底的嫉妒。呵，就算夏栀再优秀又如何？面对男人，安娜想要夺回来，可以不择手段。

　　宴会宾客满堂，夏栀踩着高跟鞋，一袭白色紧身裙，举止优雅地招待客人。安娜心中不快，接过服务员餐盘上的红酒，假装经过夏栀的身边，却故意将红酒洒在夏栀的白裙上。

　　"哎呀，真是不好意思，碰上了。"安娜端着柔媚的笑，一点儿歉意都未得见。

　　夏栀自然明白她是故意的，见红酒从胸前延至腰间，像是一朵开在白绸上的彼岸花，通向不可预见的尴尬境地。她知道安娜在等着自己发怒和失态，便微微一笑："没关系。"

　　安娜内心冷嘲，保持笑容："我听说红酒洒在身上，可不好洗，不知道夏总监这件衣服是哪里借来的，这样还回去，可是要赔钱的吧？"

　　安娜的话语吸引了周围的宾客注意，她故意让夏栀难堪，知道夏栀的家境买不起这样的衣服。

　　"赔不了钱，反正已经买了，洗不掉扔了便是。"这不是夏栀租的衣服，虽然价格不菲，令她有一些心疼，但毕竟是靠自己的努力赚来的钱，因此理直气壮。

　　可是对于安娜来讲，就算夏栀买下这件昂贵的裙衫，买得起和用得起还是两回事，继续故意纠缠着说："哎呀，如今夏总监虽然月入过万，可是这件衣服对你来说不算便宜，扔了多可惜？"

　　夏栀不想再与她纠缠，想回去换身衣服："我收入多少，跟你有什么关系？"

　　"也对，有沈总在背后撑腰，这件裙子又算得了什么？对吗？"

　　话语犹如芒刺，扎在夏栀的耳朵里，但她如若动气，便正中下怀，她依旧笑容满面："沈总是我名正言顺的男友，他送我裙子也是人之常情。而你身上的这身名牌，若不是因为自家有些钱，你也未必买得起。"

　　"你这话什么意思？"安娜的情绪受到波动，从来没有人这样反击过自己。

　　夏栀提着裙子优雅地朝着厅外走去，"等你自己拥有真正的实力时，再来与我争辩吧！"

　　安娜突然被贬低得一无是处，脾气拱火而上，直接拉过夏栀的胳膊，想给她一个狠狠的耳光。

　　夏栀正要躲，发现身前的光线被遮挡，沈欧挡在自己身前，他左手攥过安娜的手臂，声音冷淡："大明星，这里可是有媒体的，你想明天上头条吗？"

　　安娜见到沈欧，气焰立刻收回，脸色浮上委屈，演技施展得恰到好处："你为了她抛弃我，连订婚都取消了，你怎么可以这样绝情。"

　　刚刚才上演一场情敌间的钩心斗角，镜头转个角度，便成了负心汉抛弃痴心女的戏码。

　　沈欧暗黑的瞳孔泛着的怒光，他已经生气了。

　　"安娜，最好不要让大家难堪，否则，我采取的措施，你一定无法担负。"沈欧低沉的话语，透露了非常明显的威胁。

　　安娜晶莹的眼泪在眼眶里打转，看着沈欧搂过夏栀的肩，护送她离开，将他痴心不改又无可奈何的深情表现得淋漓尽致。

　　她原本想凭借这次机会，让媒体大肆报道，好指证夏栀是横刀夺爱的第三者，这样夏栀的名誉也会因此受损。但是她太低估了沈欧，以他的能力，这种事情自然不可能传出去，只不过是一场失望的表演罢了。

23.

晨光中醒来的郑薇柒，早就将昨夜的不快忘记了。她精心打扮后，准备先去吃早饭，再去公司，结果开门的时候，却发现昏昏欲睡的付颜琛坐在她家门口，显然刚被她的动静惊醒。

郑薇柒也吓了一跳，谁能想到有个大活人在家门口守了一夜，她捂着胸口，看着睡眼惺忪的付颜琛，倍感疑惑："你怎么在我家门口？"

一夜困顿，付颜琛身上的西装折出许多疲倦的褶皱："只是想给你送鲜荔枝，可是你电话关机了。"

"送荔枝也没必要大半夜吧？再说联系不上我，完全可以今天送到我公司啊！"郑薇柒对付颜琛的举动，非常不解，甚是有些想笑。

"半夜才从老家回来，想将最新鲜的荔枝带给你尝尝，哪知道你手机关机了。"付颜琛说这话的时候，眼神透着恳诚，与他在公司时的严谨判若两人。

他转身将一箱子铺满冰袋的荔枝，递给郑薇柒，又帮她推开门，说："我就不换鞋进去帮你放了，你快进去尝一尝吧。"

郑薇柒对于他的举动有些缓不过神儿来，怔怔地回应道："既然来了，要不要进屋喝杯水？"

"今天还有个会议，先不去了，主要就是过来看看你，给你新鲜的荔枝。"付颜琛按下电梯，与郑薇柒道别。

直到他坐上电梯，消失在门口，郑薇柒依旧处于呆滞状态，对着一箱荔枝怔怔出神儿。进门放下，拿起一颗剥开皮来，晶莹饱满的果肉露出，放入嘴里，冰冰凉凉，丝丝清甜。

她忽然想起唐玄宗为博杨贵妃一笑，千里加急运来荔枝。可惜她不是杨贵妃，付颜琛也不是唐玄宗。

生活是细小的点点滴滴拼凑而成，是温馨美好还是乏味枯燥，完全取决于人心。此时此刻，沈欧在厨房煮饭，夏栀在旁边做助手，两个人相谈甚欢，哪怕是最寻常的话语。

"哎，盐放少了吧？"夏栀在旁边充当起了导师。

"怎么会，盐吃多了不好，你个小助理，专心切菜去。"沈欧反驳起来有理有据。

"哎，没有拌菜的醋。"夏栀对着空瓶子晃了晃，主动请缨去楼下的便利店买。

沈欧听见关门声，脸色始终挂着笑意，以前他生活在锦衣玉食中，每天回到家保姆已经准备好了一切。可父母常年在国外忙碌，终归缺少温暖，如今夏栀的陪伴，将他内心最渴望的温柔都展现出来。两个人打理生活的琐碎，只觉得温馨又甜蜜。

饭菜上桌，沈欧听见门铃声响，他以为夏栀又忘记带钥匙，走过去开门，却发现是安娜。

她长长的卷发，黑色性感露肩短裙，目光闪烁着真诚的歉意："沈欧，冒昧前来，有没有打扰到你？"

安娜得知沈欧周末会与夏栀一起待在公寓里。她早早地在公寓楼下等候许久，直到看见夏栀一个人出门，寻来了良机。

沈欧脸上的柔色早就褪去，换上冰冷的面孔："什么事？"

安娜一副拘谨的模样："能不能让我进去坐坐？"她看得出沈欧的不耐烦，"我真的是来向你表示歉意的，拜托给我一个机会。"

见她这样放低姿态，沈欧给了她这个机会："进来吧。"

安娜站在客厅，看着沈欧摆放在桌上的饭菜："这些都是你做的？"

"嗯，对。"沈欧漫不经心地回答。

见到餐桌上的两副碗筷，心底蹿上来莫名的火焰在安娜的胸口搅动着，凭什么夏栀可以得到沈欧的爱，沈欧的温柔，如今还能让他为她下厨，而她当初和沈欧在一起的时候，除了距离感，她一无所有。

"看起来不错呢，没想到你也会厨艺。"安娜表面上一派和气。

沈欧没有答话，周身形成一道界限，让安娜再次明显感觉到不可接近的距离。

这让她越发不能理智对待！

"沈欧，你从来都没有对我产生过感情吗？"安娜内心的不甘，让她再次发问。

沈欧深黑色的眼眸里，映投不进安娜的剪影："没有。"

如此冰冷的回答，安娜险些落了泪，她红着眼眶说："好，我知道了，展会的事情，是我不对，因为我真的不能接受你离开我这件事情。"

沈欧从冰箱里拿出一瓶冰水，冷淡地说："你知道就好，如果再对夏栀做出不利的事情，我自然不会原谅你。"

"你就那么在乎她？她到底哪里好？论美貌与财富，我才是最般配的那个人，不是吗？"安娜终于再也演不下去，什么道歉，什么忏悔，只不过都是为了靠近他的借口，她从来没有在人前输过，这次因为夏栀，让自己颜面尽失，她绝对不会就此善罢甘休的。

"如果只论美貌与家境，我也不一定会选你。"沈欧冷冷地说，"而夏栀，她更加懂得努力与付出，所得的一切也会倍感珍惜，她身上的美好品质是你没有的。"

安娜执着地说："我也可以努力啊，只要你喜欢，我可以为了你而改变。"

"你怎么了，安娜，这不像你，往常的自信去哪儿了？"沈欧一语戳心，狠狠刺痛了安娜。

她的眼泪突然崩塌："是啊，我的自信呢，在你面前，我连自信都失去了。为了我喜欢的人，我放下了一切，沈欧，到底要怎样做，才能挽留你？"

沈欧见到这样卑微的安娜，他心中难免不忍，毕竟他们之间的关系，完全来自两个家族的利益，而她也是牺牲品，却无知地投入了自己的感情。

"让我再抱你一次吧。"安娜泪眼婆娑，"我最后的请求，行吗？"

还没等沈欧拒绝，安娜直接将他紧紧搂怀，就在这个时候，夏栀开门而入，看见了这一幕。

从公寓到附近的便利店，来回需要十五分钟，而在这个短短的十五分钟内，像人生转折的刻度表，当指针移动到最后一秒钟的时候，甜蜜与温馨的泡沫也瞬间破碎，化为乌有，仿佛之前都是自己的臆想罢了。

夏栀诧异地看着眼前的这一幕，安娜双颊滑落的泪水，紧紧地抱着沈欧，俊男美女像是在上演一场感人至深的痴情大戏。

沈欧当即推开了安娜，语气有些温火："你做什么？"

安娜发挥她最好的演技，一脸无辜又受伤的表情："沈欧，你怎么了？你怎么突然变了？"她侧目看见站在门口的夏栀，做出深表歉意的模样，"夏栀，我来是跟你道歉的，上次不应该在展会上那样对你。"

"我没有放在心上。"夏栀不知道安娜此番来的目的，她冷静观看。

安娜戏份做得很足："那就好，为这事我一直心里过意不去。"她又看了看桌上的饭菜，"说起来我对这间屋子充满了回忆，不过现在由你替我照顾沈欧，我也就放心了。"

夏栀听出了安娜话里的意思，只是她没有急着表态，而是看向了沈欧。

"没什么事，你就回去吧。"沈欧语气冰冷，再这样下去，指不定安娜又做出什么事来。

安娜投给沈欧不舍的眼光，却没有多说什么。

原本温馨的晚餐镀上一层诡异的气氛，沈欧多次欲要解释，都被夏栀冷冰冰的表情堵了回来。沈欧心想反正已经与夏栀住在一起，他对她的忠心和疼爱会被时间所验证。

可是对夏栀而言，她满脑子里都在回放着安娜抱着沈欧的慢镜头。

舒怡均出差回来，发现夏栀在展会上大放异彩，杂志媒体都有她的报道，名气大幅度提升。而自己却被派出，明显就是想将更多的机会留给夏栀，大概用不了多久，她这个设计总监真的就要让位退出了。

休息室里，夏栀见到舒怡均过来煮咖啡，她以为又要听到一通冷嘲热讽，可舒怡均一反常态，话题围绕工作打转。

"这次展会之后，我们公司的珠宝受到热捧，夏栀，你有不小的功劳。"舒怡均靠着吧台，眼睛落在窗外，"不过与我们公司竞争的对手，实力不容小窥，所以还需要付出很多心血。"

"当然，在不断创新的同时，也要把握住时机。"夏栀若有所思，"这次上海国际珠宝展，又是一次难得的机会。"

"只要我们拿到名额，关于作品上的创新，我想你一定会有思路的。"舒怡均目光肯定，"这次我负责争取名额，你就安心创作，一定要让名雅登上展会。"

夏栀轻淡地笑着，用欣赏的眼光看着舒怡均，"我喜欢你认真工作的样子，这才是你该有的姿态。不过，你也不要放弃设计，或许也能得到新颖的灵感。"

这样的话语，让舒怡均有那么一瞬间，想要放弃她之前的念头，可是她觉得，就算自己再怎么努力，也不会超过夏栀。她偏执地认为毕竟天赋很重要，她没有夏栀那种天赋。她已经决定悄悄地拔掉夏栀这个最大的隐患。

临下班的时候，舒怡均走进夏栀的办公室。

"夏栀，今晚你辛苦一些，名额我争取到了四个，除了你，另外三个要从咱们设计组里筛选，上级希望明天就能够得到答复。"

"没问题，反正我已经跟沈欧说我今天要加班到很晚了。"夏栀并未觉得哪里不妥。

舒怡均笑了笑说："我今天家里有些事情，先走一步了。"她将冲好的咖啡放在桌子上，"两个奶油球、一袋糖，加油！"

"谢谢。"夏栀不假思索，接过咖啡喝了一口。

舒怡均觉得，万事俱备，只待成功，她松了口气，快步离开公司，像是逃离一场即将出现暴风雨的危险地带。

24.

在面临生命危急的时刻，你会想到什么？

是惊慌无措的大脑一片空白，还是回想自己曾经的种种，审视生命即将结束时，留有什么遗憾？

夏栀被困在办公室里，浓烟不断地扑面而来，肺部的空间仿佛已经被灰黑色的烟尘填满。因为咖啡里被下了药，夏栀连起身都变得似千斤石一般沉重，一片混乱的大脑，寻觅着几缕清醒，来面对当下的危险情况。

她拿出口袋里的手绢，从桌案上的鱼缸取水，想要走到几步开外，可身体不由自主地倒在了地上，头晕到几乎想吐。

她想要喊，却只能咳嗽几声，眼下这种情形，只怕所有人都已经快速逃离，就算能够呼救，想必也没有人会听见。

那是一种怎样的感觉？整个办公楼就像一座荒岛，而她是这个孤岛上唯一的流浪者，正在一步步朝着最深处的死亡之门走去。

她已经快要窒息了，心脏剧烈的胀痛感和渐渐模糊的意识，预示着她将在这里，宣布死亡。夏栀的眼泪快要干涩了，最后一滴泪水顺着眼角滑落，她仿佛看见母亲缓缓地朝她走来，对她微笑，像是从未离开过一样。

"妈妈。"重见亲人的喜悦，让夏栀暂时忘记了痛苦，她伸出手想要去抓住母亲，却发现怎么样也抓不到，不禁有些焦急。

眼见着母亲向后退去，渐渐消失在她的视野中，夏栀悲伤哭泣，嘴里喃喃地喊着："妈妈，不要走，不要走！"

"夏栀，夏栀，你醒醒！"

是谁在呼喊她？意识中的人影，在一片混沌中刻画出越来越清晰的轮廓。夏栀睁开眼睛，看着满脸脏灰的沈欧，急切的目光凝着自己。

"沈欧？"

沈欧不顾危险，不顾生命危险进来找她，在看到她奄奄一息的模样，他的心抽痛着。

"别多说，我带你离开这里。"

他的声音就像能够抚慰人心的旋律，在夏栀的耳边回荡着，她知道自己不再孤单，她看见他身后闪烁着，生机的光芒。

在绝地之时逢生，穿过漫长幽暗的绝望，心中看见一缕曙光，竟然是急不可耐的盼望，是最害怕的喜悦，最惊惶的渴求。

而这生命的曙光，又是来自最爱的人之手，他化身光明之神，拯救她的整个人生，让她得以延续她的所有牵挂与心愿。

夏栀很想在此时，对他说"我爱你"，可惜她干涩的喉咙，再次咳嗽起来。

然而，上帝似乎觉得这样的剧情还不够精彩，他那双百无聊赖的手，轻轻拨弄着命运交响曲，弹奏起更加激烈的乐章。

在某根线路的引导下，火苗蹿涌而上，轰炸声回荡在整个楼层，随之带来的巨大冲击波炸碎落地玻璃窗，夏栀与沈欧在这场无形的灾难中如同蝼蚁一样，脆弱不堪。

沈欧第一时间紧紧地抱住了夏栀，两个人感受到一股强劲的推力，将他们险些腾空。他们像个自由落体的球，在抛出窗外后，地心引力召唤他们直线向下。

夏栀紧紧闭起眼睛，以为就这样坠楼而死，却发现她的右手被沈欧紧紧抓住，让她悬停在了空中。

十三层楼的位置，身下犹如地狱的深渊。

"夏栀，抓紧我。"沈欧动用所有的力气，抓住卡在边角的椅子。

混合着槐花树的香气，微风吹拂而来，让夏栀多少意识清醒了一些，神经渐渐恢复运作，也让她感受到来自沈欧紧紧地抓握，手上疼痛的拉扯力。

她抬头向沈欧望去，看见他浑身沾满灰尘，再没有往日如钻石璀璨的风采，可是他的目光却异常坚定，一心保护着她，支撑起他们两个生命。

"沈欧。"

两个人的重力使得最后一根救命稻草无法承受，一点一点缓缓而下的椅子，带着死亡唱诵的节奏，将希冀的唯一生机走向毁灭。

沈欧的右手已经在冰冷的铁柱上磨出了血迹，一滴红色血液随风落下，滴在夏栀的脸上。

她的耳边还有温柔的夏风，鼻尖逗留着清新的花香，额头浸染着古黄的余阳，眼前是她深爱也同样深爱她的沈欧。

还有什么不值得？已经用生命爱过，那么，舍弃掉生命，有何不可。

"沈欧，放手吧，这样，你就能活下来。"

"夏栀，我不会放手，也不准你放手！"

夏栀脸上，是幸福的笑意，她的眼中闪着光泽，宛如雨后初绽的栀子花。她的声音很轻很轻，却能够清晰地传进他的耳膜里。

"沈欧，我爱你。"

最后一字的尾音，是她松开手的结尾曲。

爱，一直都在。无论消失、离开、不见、永别。

爱，永不停息。

25.

　　粉白玫瑰的殿堂上，新娘身姿妙曼，白色婚纱宛如绽放的栀子，她脸上洋溢着世间最美好的笑容，她站在高高的台阶上，举起手中的捧花，对着来宾喊："单身的姐妹们不要错过哦！"

　　萌萌从人群中抢到最前面的位置，对夏栀招手："栀子，扔给我啦！"

　　夏栀背过人群，朝着身后抛出花束，萌萌眼见着花束从她的头顶飞过，落在了身后高高帅帅的付颜琛手里，确切地说，是他利用身高的优势，稳准狠地抓住了花束。

　　他转身看着郑薇柒，将花束递给她，目光深情款款："薇柒，接受我吧，我会给你一个美好的未来。"

　　话语刚落，众人哗然，一起哄道："在一起，在一起！"

　　郑薇柒没有想到，付颜琛会在这样的场景下对她表白，他一直都以朋友的身份，对她诸多照顾，这次参加夏栀的婚礼，也是他自告奋勇，前来陪同。

　　他的关怀，她早就看在眼中，只是窗户纸还覆盖在彼此朦胧的关系上，郑薇柒保持着自己的矜持。

　　如今在众目睽睽下，他选择承诺，这样的举动，也是需要真诚与勇气的，郑薇柒心中难掩喜悦，她仿佛看见了爱情降临的模样，是他有些紧张却执着的傻样。

"嗯，我愿意。"郑薇柒接过花团，在一片欢呼声中，与付颜琛紧紧相拥。

看着自己的姐妹得到幸福，夏栀觉得自己更幸福了。沈欧站在夏栀身边，轻轻地搂过她的肩膀，幸福感倍增："从今天起，你要叫我老公。"

"你要叫我老婆。"夏栀的声音清甜。

那场灾难让夏栀以为，她的生命从此在这个世界上消失。

可她发现自己并没有坠落，沈欧用尽自己所有的力气，钩住她的手指，他笑得随意，好像问一件再寻常不过的问题。

"夏栀，你怎么不问问我，愿不愿意陪你？"

夏栀睁大眼睛看着他，视线却被泪水模糊，她没有看清他最后的表情，在他松开手后，紧紧抱住了她，与她一起坠落，如同两只比翼鸟，成双成对地飞翔，永不停落，直到死亡的那一刻。

而幸运降临，两个人掉落在救援的气囊垫上，受了轻微的伤，却活了下来。

经过这件事情，幕月华再也不反对，两个人终于站在了婚姻的殿堂。

"沈欧，祝福你们。"安娜一身高傲的红裙，在人群中总是备受瞩目，她脸上的笑意代表她的释然，以及真诚的祝福。

"谢谢。"沈欧回应简洁，脸色温和许多。

夏栀优雅微笑："希望你能早日找到幸福。"

"这是一定的。"自信在安娜的脸上重新展现，她已经决定退出娱乐圈，赴加拿大留学。回想当初，当她得知沈欧为了夏栀，可以不顾自己性命的时候，她终于明白，爱强求不来，只觉自己当初的行为太幼稚、太执拗，因此更加对沈欧充满歉疚，"以前的事，真的很抱歉。"

沈欧神色沉淡："以前的事情，都过去了，不要再提了。"

安娜从容地笑了，也许只有放下执着，才能获得如今的美好。

婚宴即将散场，送走宾客之后，女助理艾米过来，在沈欧旁边低声说："沈总，舒怡均被警察带走了。"

沈欧脸上一沉，冷冷地说道："她迟早会受到法律的制裁。"

夏栀听到这个消息，不禁问道："真的是她做的？"

"有一些证据明显指向她，只要修好当时的摄像记录，应该就能水落石出。"沈欧一手拦过夏栀的肩膀，"这些事情你不用操心，我会处理好。以后再也不会让你独自一人在公司加班了，如果当时不是我打算陪着你加班，赶去得早，后果真是不堪设想了。"

"有你在，我好像成了甩手掌柜，万事不操心，自有人摆平。"

沈欧宠溺地捏捏夏栀的小鼻子："你就安心在家当我的沈太太吧。"

"才不要，我要和你并驾齐驱，共同进步。"夏栀认真地说，"沈总裁，不要因为我嫁给了你，就可以放水让我直接做首席设计师。"

"我当然会看你的成绩。"沈欧俯身亲了亲夏栀的脸颊，"不过在你成为首席设计师之前，今晚先回家做我的好妻子。"

　　世上从来没有不劳而获的事情，即便是有，也不过短暂如昙花一现。只有通过自己不断地努力，让自己变得更加优秀，才能够与优秀的他并肩而行。

——夏栀寄语